札幌アンダーソング　ラスト・ソング

Characters

志《し》村《むら》 春《しゅん》

先祖四代の記憶を
受け継ぐ異能の美少年。
記憶の天才。

仲《なか》野《の》 久《ひさし》

北海道警の若手刑事。
お人好しで素直な性格。

志村家

志村秋奈《しむらあきな》

長女。
札幌医療大学法医学教室教授。

志村夏美《しむらなつみ》

次女。イラストレーターで、
春の世話係。

志村慶子《しむらけいこ》

母親。ジャズシンガー。
ジャズバー〈ナイト&デイ〉経営。

根来康平《ねごろこうへい》

久の先輩で無駄に色男。
志村家とは古い付き合い。

山森晴行《やまもりはるゆき》

北道大学の大学院生。
頭脳明晰な犯罪の「秀才」。
春のライバル。

イラスト/あき

装画／あき
装丁／須田杏菜

明治九年或《ある》いは十年だったと思います。クラーク先生はお国で昵懇《じっこん》の植物学教授に北海道の地の地衣類の採集を頼まれていたのです。休日祭日には身体の鍛錬にもなるとよく高山へと足を運びました。学生達も必ず何人かお伴《とも》をしたものですが、その日はお伴をする学生が偶々《たまたま》一人もおらずに私と二人で山に分け入ったのです。季節は雪解けが進み山に緑が芽吹いた頃です。勿論《もちろん》熊には十二分に気を付けていたのですが、突然の様に藪中《やぶなか》から現われた大熊に私と先生は肝を冷やし山坂を転げ落ちるように逃げたのです。しかし熊の走る速度というのは途轍《とてつ》もなく速く最早《もはや》これまでと観念しかけたその時、蹄《ひづめ》の音も高く黒馬が現われ馬上から風の様に飛び降りた人物が日本刀を一閃《いっせん》すると熊の腕が宙に舞ったのです。驚く間もなくその男は熊の心の臓に刀を突き立て絶命させました。どうと倒れた振動で地面が揺れた程大きい熊でした。クラーク先生は命を救ってくれた彼に大変感謝し、その後も交流は続き先生が山に分け入る時には必ず彼が付き従い、先生は「君は私のナイトの様だ」と言っていました。英語にも堪能《たんのう》の様子で山に入る時だけではなく、先生の部屋で酒を酌み交わしながら何時間も話し込んでいる様子も有り大変信頼を寄せていました。先生が帰国してからも暫《しばら》く私との付き合いも続いたのですが、ある日ぷっつりと姿を見せなくなりました。自分は只《ただ》の流れ者だと彼は最後まで名を明かさず「鐵《てつ》と呼んでくれ」と言っていました。

〈『クラーク先生との思い出　第二章より』　中島権三《なかじまごんぞう》〉

木村《きむら》五兵衛《ごへえ》は元々信仰心に篤《あつ》くはなかったと自分で言っておりましたが英国伝道会社より派遣されていたニング牧師が札幌に来られた際に、昼は聖書を売り夜は説教をするという誠に身を切るかのような布教活動をしておられるのを見るに連れ侠気《きょうき》の念から手助けをする様になったのです。ちょうど創成橋《そうせいばし》付近に出来上がったばかりの教師館にクラーク先生が御出《おい》でになるというので、ニング牧師が木村を連れて「この男に洗礼を」と頼んだ所予《かね》てより木村の人品卑しからぬ様子に目を留めていたクラーク先生は大層喜ばれて快諾されました。立ち会いにはベンロー教授や宮部《みやべ》や伊藤《いとう》、内村《うちむら》、荒川《あらかわ》等も名を連ねた様です。勿論木村は只の好漢ではなくキリスト教に対する知識も相当なものでありましたし商家の家に生まれ商才に溢《あふ》れ弁舌も立ちますから布教活動の重要なメンバアに成っていくのですが、後年になりますが木村は〈イエスを信じる者の誓約〉に署名してしまった事を悔いるような発言を繰り返した事もありました。クラーク先生はそれを神の道に進むか人として商売のつまり金儲《もう》けのために日々を費やす事からのジレンマの様なものだろうと心配しておられました。クラーク先生の帰国後の木村は様々な事情から袂《たもと》を分かつ事に成りましたが、それもこれも最初の段階から間違っていたのかもしれないとの要旨の手紙を貰《もら》った事があります。

〈『クラーク先生との思い出　第三章より』中島権三〉

1

季節は春だ。ようやく雪が全部融《と》けて、北海道の桜も見頃になってくる。

良い季節なんだ。本当に北海道はこれからがいちばん良い季節。風も柔らかく爽《さわ》やかになる。梅雨なんてものもない。緑が眩《まぶ》しく花は咲き、カラッとした空気が人の心も軽やかにしてくれる。

そんな季節でも、殺人事件は、起こる。

季節に関係なく。

どんな都会だろうと、地方都市だろうと、辺鄙《へんぴ》な村だろうと、人の生活がそこにある限り凶悪な犯罪が発生する可能性は大いにある。

そう僕たちに言ったのは警察学校の教官だ。きっと毎年のように同じことを言っているはずなのに、犯罪被害者の深い哀しみを全部抱え込んで苦悩の果てに初めて吐き出した塊のように重い声音で。

『事件で犠牲者が出た場合、それを悼む気持ちを持つのは人間として当然のことだ。犯人に怒りを感じるのもあたりまえだ。だが、我々警察官の仕事は感情で自分を振り回すことではない。冷静に、ひたすら冷静に。事実をひとつひとつ集めて真実を導き出し、犯人を逮捕すること。ただ、それのみだ。人としての感情を全て押し殺す必要はまったくないし、時にはその感情が捜査に思いもかけぬ相乗効果を生み出すこともある。だが、最終的には刑事はただ犯人を狩るだけが仕事だ。狩り出すという本能を持ち合わせなければやっていけない。感情など不必要になる場合もある。従って、その相反するような本能と感情の二つのものを飼い馴《な》らせないならば、そいつは警察官には不適格ということになる』

そう言っていた。

「俺も聞いたなその話」

喫煙車両の助手席に座って煙草に火を点《つ》けながら根来《ねごろ》先輩が言った。

「感情と本能は不可分だってな。だけど、刑事はその二つを使い分けないと最終的にはやり切れなくなるってな」

「あぁ、そうですそうです」

頷《うなず》いたら、先輩は続けた。

「あと、慣れちゃうと感情がどっか行っちまうから、それもまた結局は不適格な人間になるかもしれないってな」

「ですよねー」

人間は、慣れるんだ。どんなことにでも。

埋められたバラバラ死体の一部だろうと川で発見された腐乱死体だろうと、一度見て、しかもその後に法医解剖に立ち合ったり捜査資料で何度も何度も見たりして、そうして何年も殺人を扱う刑事なんて仕事をやっていると。

人の死にも慣れてしまう。死体にも慣れてしまう。死体の話をしながらハンバーグをバクバク食べられる。

警察官になって六年になる。道警刑事部捜査第一課に配属されて先輩とバディを組んでもう五年。その間に起こった、捜査をした殺人事件はもう二十数件になった。一年に五回以上起こっているんだ。

これを言うと驚く人も多い。そんなにあるのか？　と言う人と、それしかないの？　と言う人と半々だ。でも、僕ら捜査第一課が扱う殺人事件だけの件数なんて全然少ない方だ。強盗や傷害なんかも含めたところで、捜査第二課や第三課、第四課が扱う件数の方がはるかに多い。

「お前も名実ともにアラサーになってさ、図太くなっちゃってさ、悲しいよね」

「何が悲しいんですか」

「初めて会った頃のあの純な心を持ったキュウちゃんはどこへ行っちゃったのかってことだ。さっさと車を出せ」

「出しますよ」

オレンジ色の街灯の光に照らされた駐車場を見回してから、アクセルを踏む。ゆっくりと車を進める。

大胆なことにこの本部の駐車場に停められた警察車両にイタズラ書きをした犯人は、一ヶ月経ってもまだ捕まっていない。

なので、暗くなってから車を出すときにはいつも以上に周囲に気を配る。のんびり煙草を吹かしている様に見える先輩もそうだ。無駄にイイ男と言われるその顔の、両の眼は鋭く辺りを見回しているはずだ。警察官が身内をバカにされると怒るのは本当だ。なので、たとえイタズラだろうと絶対にからかわない方がいい。

「それに確かにアラサーですけどまだ僕は二十代。二十八歳です」

「あと数時間で二十九歳なのにじたばたするな。誕生日前に片が付いて良かったな。落ち着いてケーキが食える」

「まったくです」

この年になるとどうでもいいことなんだけど、誕生日なんだ。

明日が。僕の。

そして今日、今夜、ひとつの事件が終わった。殺人事件の犯人が逮捕されて、自供して、片づいたんだ。後は粛々と手続きを進めて終わり。

人が人を殺す。

大雑把に言ってそういう事件の七割が身内か顔見知りの犯行だ。つまり、通りすがりの殺人なんていうのは少数派なんだ。

ちょうど十日前に発見された遺体もそうだった。一人暮らしの老人が頭から血を流して倒れているのを、やってきた介護ヘルパーの女性が見つけて通報してきた。そして結局犯人は被害者の甥《おい》にあたる男だった。金欲しさの身内の犯行。

よくある事件、とは言いたくないんだけど、そう僕らは思ってしまう。でも、思ってしまってもそこに何かを当て嵌《は》めてはいけない。捜査に先入観は禁物だ。現場から、聞き込みから、事実だけを丹念に集めていってそして結論を導き出す。

頭部への強い打撃による失血死だったけれど、凶器は発見されずいわゆる〈鈍器〉で、それが何かはわからなかった。そこに、重要なアドバイスをくれた二人がいた。その二人が導き出してくれた結論から、一気に捜査が進んだんだ。

司法解剖を担当してくれた札幌医療大学法医学教室教授である志村秋奈《しむらあきな》さんと、その弟である春《しゅん》くん。

二人の、天才。

三十代で有名大学の教授となった秋奈さんはどうして天才かっていうのが、もちろんわかりやすい。三十代で教授なんて、それだけで誰もがなるほどそれは天才だね、と納得してくれる。

でも、春くんの場合は説明しづらい。そもそも説明しても信じてもらえない。

自分の記憶の中に四代前からの先祖の記憶があり、なおかつ見たもの全てを一瞬で記憶し、視覚聴覚触覚が全部超高感度のセンサー並みの鋭敏さを持ち、さらには人間のありとあらゆる感情というものの根本を研究する結果としての〈変態の専門家〉でもある、なんて言ったところで誰もが笑うか怒るか呆《あき》れるかしてしまうだろう。どこのマンガの主人公だってもんだ。僕も誰かに聞かされたらそう思ってしまう。

一緒に行動することでしか、春くんの凄《すご》さはわからない。

そして、そのまるで地上に舞い降りた天使のように美しい姿の、きらめくような瞳《ひとみ》の奥底にある、恐さもわからない。

人生でまさしく〈天才〉と呼べる人に、しかも二人も知り合いになれるっていうのはなかなかないと思う。

「秋奈さんと春くんがいなかったら、まだ堂々巡りをしていたでしょうね」

「そうかも知れんな」

抱えている事件は他に何件かあるけれども、殺人事件の捜査本部がひとつ閉じられると本当にホッとする。これで今夜はゆっくり眠れると思う。その功労者の二人にお礼の意味を込めて報告しに行こうと連絡をしたら、そんな気がしてケーキ用意してあるから一緒に食べようと言ってくれた。

春くん。志村春くんが。

「そういえば、春くんは卒業するつもりはないんですってね」

ススキノに程近い、東屯田《ひがしとんでん》通りを少し入ったところにある志村家。古くて風格のある春くんの自宅へ向かって車を走らせながら言ったら、先輩は頷いた。

「らしいな。まぁ来年の話だが、学生の方が何かと便利なんだろう」

卒業な、って先輩が呟《つぶや》きながら少し笑った。

「そもそも、あいつが社会人をやるなんて図は想像できん」

「ですよね」

先輩が煙を吐き出す。

「まぁもう二十一だから一応大人なんだが、あいつはどんなおっさんになっていくのかも想像つかんな」

まったくですね、と同意した。先輩は春くんを小さな頃から知っているけれど、僕が知りあったのは一昨年の冬だ。

「ってことは、あの野菜事件からも一年半経ったってことだ」

「そうなりますね」

野菜をケツに突っ込まれて死んでいた人が三人。その変態的な事件で山森《やまもり》という犯罪者を知ってからもそれぐらいの時間が過ぎた。

山森は、沈黙している。

去年のちょうど今頃、春先に起きた〈雪堆積《たいせき》場〉の騒ぎからこっち、あいつは何も動いてこない。仕掛けてこない。そもそもあいつの起こしている犯罪は管轄が違うから、僕と先輩が大っぴらに動くこともできない。

「一年になるんだな」

「そうですね」

何も仕掛けてこないのをどう判断するか。

先輩とは何度も話しているし、春くんにも確認しているけどあいつの動きは読めない。そもそも、あいつの〈山森クラブ〉は性的に変態的嗜好《しこう》を持つ人たちにその場と機会を提供する秘密のものなんだから、表に出てくるはずもない。僕と先輩が殺人や強盗事件の捜査で走り回っている間にも、あいつは変態の皆さんを満足させる何かを提供して金を稼いでいる、はずだ。

「このまま沈黙するんですかね。春くんにこっぴどくやられたので」

「そうは思えん。あいつは必ず春に復讐してくる。それは間違いない。だが、どっちにしても」

先輩が溜息《ためいき》をつく。

「警察は、事件が起きないと動けない」

「ですね」

日本中に住む変態の皆さんが自分の性的欲求を満たすためにとんでもないことをしていたとしても、その相手として未成年でも絡んでいない限り、あるいは悪いクスリでも使っていない限り、決して犯罪ではない。いい年をした大人同士がどう楽しもうが快感を味わおうがそれは知ったことじゃない。

そもそも警察内部にも山森に通じている人間がいるのも間違いないんだ。

つまり、山森を逮捕するチャンスは、春くんに何かを仕掛けてきた場合にしか生まれない可能性が大きい。

それを待っているわけじゃないけど、できれば何も起こらないで平和な時間を志村家の皆には過ごしてほしいけれども、待つしかない。

☆

大正時代に建てられたという古めかしい和洋折衷の大きな家が志村家だ。僕は来る度にここは映画やドラマのロケにはピッタリだよなぁと思う。

車寄せに車を停めて、降りる。

「そう言えば先輩」

「なんだ」

玄関に向かって歩きながら訊《き》いた。

「札幌の開祖と言われている人物に、志村鐵一《てついち》という人がいるってことを最近知ったんですけど」

「志村鐵一？」

「知ってます？」

「いや、知らんな。その人が札幌を最初に開拓したのか？」

「いえ、何でも初めて札幌に居住した和人って話なんですけど」

札幌は、いや北海道はそもそもアイヌの人たちが厳しい自然とともに暮らしていた土地だ。そこに和人、つまり日本人が入ってきた。ほとんど土地を奪い取ったっていう悲しい歴史の話になるんだけどその辺は学校でもそんなに詳しくは習わない。先輩はふーん、と気のない返事をして頷いた。そもそも先輩の生まれは北海道じゃないから。

「詳しいことはわかんないんですけど、最終的には行方不明になっているらしいんですよ。Wikipediaに書いてあるのを信じると」

「ふーん」

気のない返事をしながら、先輩が少し気を引かれたのがわかる。僕ら警察官は〈行方不明〉っていう言葉には敏感になる。

「そんなに珍しいってわけじゃないけど、名字が同じ字なんですよね。〈志村〉って。ひょっとして志村家のご先祖様ってその人なんでしょうかね？」

「知らんな」

うん、と頷きながら先輩は続けた。

「俺も以前に先祖はどんな経歴でどういう人生を歩んできたのか訊いてみたが、その辺のことは春も秋奈も、おケイさんも話したがらない。そもそも春は全部の記憶があるんだから何もかもわかっているんだろうが、まぁいろいろあるんだろう話せないことが。だから、放っておいている。知ったところでどうにもならないからな」

「そうですね」

両開きの木製の玄関扉の脇の呼び鈴を押す。音がして、誰かの声がする。鍵《かぎ》が開けられて、先輩が扉を開くとそこには笑顔が眩しい夏美《なつみ》さん。志村家の次女。春くんのもう一人のお姉さんがいた。

「お疲れ様」

夏美さんがそう言って、何かとても可笑《おか》しそうに笑った。

「お邪魔します」

そう言って、玄関に足を踏み入れた途端。

いきなり、後ろから抱きすくめられた。

ドアの陰に隠れていたんだ。誰かはすぐにわかる。男のくせにこの甘い香りと身体の柔らかさ。

「キュウちゃん久しぶり！」

「ちょ、春くん！」

抱きしめられるだけならまだしも首筋にキスをしてくる。さらに柔らかい舌先で嘗《な》めてくる。

「頼む！　勘弁して！」

根来先輩は笑いながらさっさと上がっていく。

「だって本当に久しぶりなんだもん。ちっとも来てくれない」

「いやほらずっと忙しかったから」

慌てて靴を脱いで上がっても春くんは離れようとしてくれない。夏美さんもただニコニコして行ってしまう。

「この間だって電話では話したじゃないか」

ほとんどおぶさっている春くんを引き摺《ず》るようにして、居間に向かった。

「電話だけじゃ淋《さび》しいでしょう？　こうやってお互いに身体と身体で確かめないとさぁ」

「いや本当にわかったからそういう誤解を招く発言はやめてお願いだから離れて。お邪魔します秋奈さん」

居間に入ると先輩はもうコタツについていた。春になったとは言ってもまだ夜は肌寒い。コタツの布団もかかっている。秋奈さんはほんの少し唇を歪《ゆが》めて、たぶんあれは苦笑いして、僕を見て小さく会釈した。

「ほら、春。いい加減にしなさい。キュウちゃん顔が真っ赤よ」

「はーい」

子供みたいな返事をして春くんがやっと離れてくれる。その瞬間に背中が涼しくなる。きっと春くんは普通の男性より体温が高いんじゃないか。もう何度も抱きつかれているけれど、そんな気がする。

「お疲れ様。そして明日の誕生日おめでとう」

「ありがとうございます」

秋奈さんが切ったケーキを皿に載せて、それぞれの前に置いてくれる。夏美さんが紅茶を持ってきてくれた。

「晩ご飯は食べたんでしょう？」

秋奈さんが、さっさと座って煙草を吹かしながらテレビに映るニュースを観ていた先輩に訊いた。先輩は、あぁ、って頷く。

「軽くな。たぶん小腹が空いて後で何か食べると思うが今はいい」

こくん、と、秋奈さんが同じように頷いた。

最近、というか、ここのところ秋奈さんと先輩の間に漂う空気がほんの少し変わったような気がしているんだ。何というか、僕が初めて二人の関係を知ったときよりも柔らかくなっているような。

二人は、恋人同士だった。それも契約というか何というか、本当に表現が難しい関係。愛し合ったことは間違いないんだけど、二人の間には春くんがいる。

春くんは、春くんだけではなく志村家に生まれる男はある意味で〈記憶の病〉に囚われている。何代も前からの先祖の思い出を、記憶を積み重ねて生まれてしまう。何故なのか。それを研究するために秋奈さんは医学の道に進んだけれど、いまだにその謎は解明できていない。

生まれたときからその記憶を抱えて天才になってしまった春くんは、同時に人間の感情や欲望を全て研究し尽くしたい、その身と心で経験したいと考える人間になってしまった。そうしなければ生きていけないような人間になってしまった。それが唯一の生きる糧になっている。秋奈さんは、いや夏美さんもお母さんのおケイさんも、そんな春くんを、志村家の宿命を背負って生きる春くんを、文字通り命さえ懸けてサポートするために生きているんだ。

つまり、春くんは二人の姉ともある種の関係を持っている。持っていた。その経験がある。その感情を自分の中に湧き立たせ、実際に経験し、複雑に絡み合った感情をも自分の血肉としている。こうして表向きにはごく普通の姉弟《きょうだい》として生きる毎日さえも、春くんにとっては〈人間の感情と欲望を研究する日々〉なんだ。

だから、きっと、先輩と秋奈さんの二人は永遠に普通の恋人としては生きられないんだけど、こうして同じ思いを共有する者として生きることはできる。

僕はごく普通の男だけど、この志村家の抱える何とも言えない雰囲気にも慣れてしまった。納得してしまっている。それはきっと、志村家の皆から感じられる愛情からなんだと思う。変な家族なんじゃない。家族を守るという気持ちに溢《あふ》れた人たちなんだ。

「えー、ロウソクに火を点けないの？」

春くんが口を尖らせながら言った。

「いや、気持ちだけでいいよ春くん」

もう二十九になる男がケーキのロウソクを吹き消したくはない。

「ちなみにこのケーキは夏美ネエの手作りだからね」

「え！　そうなんですか？」

思わず夏美さんを見ると、にっこり笑って頷いた。

「お粗末ですけど」

「いや、とんでもないです。スゴイですね」

皆がコタツに入って、誕生日おめでとうと言ってくれる。先輩がからかうようにまた笑う。ちょっと恥ずかしいけれど、こんなふうに祝ってくれる人がいるだけでありがたいことだと思う。

「本当は彼女と誕生日のお祝いができればいいのにね」

春くんが言う。

「できたらできたで、あなたはチャチャ入れるんでしょ」

夏美さんが言うと、春くんが首を横に振った。

「さすがにそれはしないよ。僕は大好きなキュウちゃんの幸せを願っているんだからね。まぁろくでもない女だったら邪魔すると思うけど」

「本当に勘弁してよ春くん」

秋奈さんもほんの少し唇を歪めながら言った。

「何でも春に一度邪魔されたらしいわね。同級生との恋のアバンチュールを」

「聞いたんですか」

夏美さんも秋奈さんも含み笑いをする。本当にこの姉弟は何でも話してしまうんだ。

「あれは正解だったわけだからいいんだよ。キュウちゃんにはいつかきっと素敵な女性が現れるよ。現れなかったらいつでも僕のところへ来ていいんだからね」

はいはい、と頷いておく。

「ねぇ、最近あの殺人事件の他に何か変な事件はなかったの？　普通のものじゃないもの」

春くんが先輩に訊いた。普通は、そんな話は一般人にはしない。でも春くんは特別だ。先輩がケーキを口に運びながら言った。

「お前のお気に召すようなものはない。単純な、バカな連中がやらかすクソったれな事件ばかりだ。あぁ」

先輩がケーキの上に乗っかっていたイチゴを指で摘《つま》みながら少し笑った。

「変な話って言えば、あれだキュウ。お前のドッペルゲンガーの話はしていなかったんじゃないか？」

「そうですね」

苦笑いしてしまった。

「確かに変な話ですよね」

最近の課内でいちばんホットな話題になってしまった僕の話。

「なになにそれ」

春くんが形の良い眼を少し大きくさせてにっこり笑って、フォークをひょいと振りながらコタツに身を乗り出した。

「教えて教えて」

その口調も声音も甘い。二十一歳になった立派な大人の男なのにどうしてこうもそういう仕草や言い方が似合うのか。そもそも春くんの顔にはヒゲというものがまったくない。まるで女性のような産毛が見えるぐらいだ。

秋奈さんも夏美さんも興味深げに僕を見た。

「ドッペルゲンガーって、コワイ話なの？」

夏美さんが言う。

「いや、それがですね」

紅茶を一口飲んでから言った。

「最初は、半年前ぐらいでしたか？　先輩」

「そうだな。それぐらいいか」

根来先輩がちょっと考えてから、続けた。

「こいつと同期で、交番詰めの小中《こなか》ってのがいるんだ。用があって本部に来たついでにキュウに会いに捜査第一課に顔を出した。たまたま俺もキュウもいてな。キュウが久しぶりだね、って言ったらその小中が言うんだ。最近よくこっちで、こっちというのは小中がいる西区《にし》の交番なんだが、お前の姿を見かけるけど何かあったのかってな」

春くんも秋奈さんも夏美さんも頷いた。

「いや、行ってないよって言ったんです。そこの前を通ったことなんか一度もなくて」

「ないのに、見かけたの？　キュウちゃんを」

「そう。そしたら小中がね、急に顔を顰《しか》めて小声になって『スマン、ゴクソウだったか。悪かった』って謝って」

「ゴクソウって？　聞いたことのない隠語だけど」

秋奈さんが訊く。

「極秘捜査のことですね。そのまんまですよ。滅多にないことですけど、表立って捜査のできない事件を、上からの直接指令でそれこそ同僚にも教えないでやるものです」

「そんなドラマみたいなことがあるの？」

夏美さんが言う。

「ほとんどないです。僕もまだ経験ないですから」

「俺は一度だけあるな」

「で、そうだったの？　ゴクソウで西区に行ってたの？」

春くんが訊いたので、首を横に振った。

「全然そんなことない。本当に僕は小中の詰める交番の近くを歩いたことなんかなくて、そう言ったら小中がそんなはずはない、って真剣に言うんだ」

「間違いなく俺は何度もお前を見かけているってな」

「そうそう」

へぇ、って姉弟三人が同時にケーキを口に運びながら頷いた。この三人の姉弟、美しいっていう共通点は誰にでもわかるけれど、こうやって何かを食べながら話すとその所作も美しいってわかるんだ。どこがどう、とは指摘できないんだけど、ただフォークで刺したケーキを口に運ぶだけなのに、まるで映画のワンシーンを観ているような気分になってくる。

「キュウちゃんに瓜二つの人がその辺にいるんだ。じゃあそれでドッペルゲンガー？」

「いや、まだ話は続くんだが、ちょうどいい。春、そもそもドッペルゲンガーってのは、正確にはどういうことなんだ」

先輩が訊くと、春くんがちょっと首を傾げた。

「正確に定義するとどういうことかってのは、まぁないね」

「ないのか」

ないよ、って言いながら春くんがフォークでケーキを口に運んでパクリと食べる。その仕草は確かに美しいんだけど、同時にいちいち可愛く感じてしまうっていうのはいつまで経っても慣れなくて困る。

「ドッペルゲンガーって言葉自体は、分身とか二重とか、まぁダブルってことだよね。そもそも、自分の分身なんているはずないでしょ？　いるはずないのにそういう現象が観測されたってなったり、自分で見た感じがするとか、そんなのはもう超常現象の類《たぐ》いか何かの勘違いでしょう」

「お前は超常現象には興味はないもんな」

「あ、なかったたっけ」

「ないねー。まぁ説明しようと思えばできるものはたくさんあるだろうけど、そもそも人間の脳っていうのは勘違いをさせるんだ」

「脳がさせるのか」

そうだよ、って春くんは頷く。

「その辺の話は秋奈ネエの専門だけど、〈幽霊の正体見たり枯れ尾花〉って言葉があるよね。怖い怖いと思っていると枯れススキさえ幽霊に見えてしまう。あれはね、自分がその眼で見てるんじゃなくて、脳がそう思わせているんだっていうのは知ってるよね」

「実際に枯れススキが幽霊の姿に見えているんじゃないってことだよね？」

そう、って春くんが頷く。

「脳がそう判断してしまった。そもそも人間の眼っていうのはただのガラス玉だよ。光を透過させるレンズでしかない。眼は何も判断しない。見てるのは脳が見てる。正確に言うのなら知識と経験から『これは、あれだ』とその人間に思わせる。だから、人間はたまにいろんなものを見間違える。ドッペルゲンガーなんていうのもその類いのひとつに過ぎないと思うよ。もちろん僕に理解できない本当の意味での超常現象がこの世にあるなら別だけどね。で？　続きがあるって？」

そうなんだ。

「そのときは、僕に似た人がいるんだね、で終わったんだけど、それからしばらくしてから僕の同級生から電話があった」

「同級生？」

「そう」

高校時代の同級生の、田端《たばた》という男だ。

「卒業してからは、年に一回会うか会わないかって感じの友達なんだけど、そいつが地下鉄の中で僕のそっくりさんに会ったって言うんだ」

「地下鉄で」

田端は真駒内《まこまない》に住んでいて、会社が札幌《さっぽろ》駅の裏にあるので毎日南北線を利用している。

「その日は微熱を出して、朝に近所の病院に寄ってから、いつもより遅く、九時半頃の地下鉄に乗ったんだって。そうしたら、大通《おおどおり》駅でそいつのいる車両に僕が乗り込んできたって。パリッとしたスーツ姿で手にビジネスバッグを持っていかにも仕事ができるビジネスマンって感じで」

「キュウちゃんじゃないじゃん」

「そうだね」

確かにそれは僕じゃない。スーツ姿はいつもそうだけどわりとよれよれだし、鞄《かばん》もくたびれたショルダーバッグだ。

「じゃあ」

秋奈さんだ。

「その田端さんっていう同級生は、その人をキュウちゃんだと勘違いして話し掛けたって話？」

「そうなんです」

田端は久しぶりに僕に会えたので、嬉《うれ》しくなって「よぉ」って声を掛けた。

「『なんだ出世したのか？　えらくいいスーツなんか着て』って言ったそうです。そうしたらその僕にそっくりな男はちょっと驚いた顔をして、それからすぐに苦笑いして言ったそうです」

「何て言ったの？」

夏美さんが身を乗り出して訊いた。

「その人はね、『たぶん、人違いです。僕は仲野久《なかのひさし》さんじゃありません』って」

わお、って春くんが声を上げて反応した。

「じゃあその人は何度もキュウちゃんに間違えられてるってことなんだ」

「そうなんだよ」

田端も驚いた。大通駅だったから次の札幌駅で田端は降りる。その短い間しか会話できなかったけど、彼は今までにも何度か僕に間違われて、僕の知り合いに声を掛けられたそうだ。そして名前まで知ってしまった。

「え、待ってキュウちゃん」

春くんが手を広げた。

「何度かって何回？」

「そこまでは訊かなかったらしいよ。何度も、としか」

「地下鉄の車両の中で会話したってことは、面と向かってよね。同級生がそうやって話すまで気づかなかったの？」

秋奈さんが少し驚いて言う。

「らしいですね。その田端の話では声までそっくりだったって。そして、話してみれば仕草や顔はちょっと違うってわかるけれど、この距離で」

秋奈さんは僕の斜め前に座っているので、それを手で示した。

「顔を合わせた瞬間は、僕だと思ったそうです。髪形を変えたのかな、少し太ったかなぐらいにしか思わなかったって」

「それは、すごいそっくりさんね」

夏美さんだ。

「年齢とかは？」

「さすがにそこまでは。でも、明らかに同年代だったそうですよ。向こうの人が少し年上かなって感じたけれど、それは僕より態度が大人だっただけかもしれないって」

「だから、皆で言ったんだ」

先輩が笑いながら言う。

「それはお前の生き別れた双子の兄だ。お前の母さんに事情を訊いてみろって」

「そう思っちゃうわね。そんなにそっくりさんだと。世界には自分に似た人が三人いるっていうけど、本当なのね」

夏美さんが言う。本当にそうだと思う。田端は真面目な男だ。冗談でそんなことは言わないし、そもそも何かでそういう勘違いをするような男でもなかったから。

「そしてだな。それまでならそうやってからかって、ネタになって終わりで飽きたら誰も言わなくなるんだが、その話は今も課内で続いているのさ。〈キュウの双子の兄を探せゲーム〉がな」

「ゲームになっちゃったの？」

秋奈さんが苦笑いした。

「何たって、ボスの三坂《みさか》さんがそいつに会ったのさ。キュウの生き別れた双子の兄に」

「そうなの？　三坂さんが？」

春くんが本当に驚いた声を出した。

「しかも、ある事件の聞き込みの最中にな」

「どこで？」

「強盗事件だった。とある大きなビルに夜中に泥棒が入ってな。警備員を殴って気絶させて逃走した。詳しくは言えないんだが、まぁ話の流れでわかるだろ。大通にあるビルだった」

「じゃあ」

春くんだ。

「そこのビルで働く人たちに、関係しているかもしれない社員の皆さんに事情を訊いてるときに三坂さんが見かけたんだね」

「そういうことだ。どこの社員かまではわからなかったが、明らかにそのビルに入居している会社の社員、という風情だったそうだ」

「そのボスの三坂さんもそっくりだったって言ったのね？」

夏美さんに訊かれて、先輩と僕は同時に頷いた。

「こんな至近距離ではなかったけれど、『何でキュウはここに来てるんだ』って思ったってさ」

「おもしろい」

夏美さんが言う。

「今度大通近辺に行ったらつい眼で探しちゃいそうね。キュウちゃんの双子の兄を」

「念のため言いますけど、僕にはそんなのはいませんからね。ちょっと不安になって一応は親に確認しましたから」

「したんだ」

春くんが言って、皆が笑った。

「お父様お母様は何て？」

秋奈さんが笑いながら訊いた。

「ボケるには早過ぎるぞって」

そこで、電話が鳴った。呼び出し音。

クラシックな黒電話の音は、根来先輩のiPhoneだ。

一瞬で空気が変わった。ディスプレイを見た先輩が表情を硬くしたからだ。

「はい、根来です」

明らかに、仕事の顔になっているので僕は残っていた紅茶を飲み干した。

「知人の家です。行けますよ。キュウも一緒にいますからこのまま向かいます」

先輩が僕の顔を見て頷く。電話を切る。秋奈さんも夏美さんも真顔になっている。春くんだけが、嬉しそうな顔をしている。

「残念ながら明日の誕生日もお前はご遺体の写真を持ち歩くことになりそうだ」

ご遺体。ということは、事件か事故かはまだ判断されていないだろうけど、少なくとも死体が発見されたという電話だ。

「了解です」

二人で立ち上がった。

「済みません慌ただしくて」

「いいのよ」

秋奈さんも夏美さんも立ち上がった。

「大変ね」

秋奈さんが言う。

「いつものことだ。もし入ったら頼めるか?」

法医解剖の話だ。

「どうぞ」

秋奈さんが、いつもの顰めっ面に戻っている。

「ね、どこ？　場所だけ教えて」

春くんが言う。先輩がちょっとだけ顔を顰めて頷いた。

「東区《ひがし》だ。東区の東苗穂《ひがしなえぼ》。刑務所のすぐ近くのマンションだ」

春くんの眉間《みけん》に皺《しわ》が寄った。

「何ていうマンション？」

その訊き方に、先輩が一瞬動きを止めた。僕もだ。その住所を訊いて動きを止めてしまった。

それは、僕が昔住んでいたところのすぐ近くだ。

先輩と顔を見合わせてしまった。

「〈ダイヤモンドパレス〉ってマンションだ。知ってるか？」

「知ってます」

昔、実家がその住所にあった。家から歩いて三分の距離にある、大きなマンションだ。

あそこで、事件が？

2

そうか、ってボスの三坂さんが渋い顔をして頷《うなず》いた。

それから椅子の背に凭《もた》れ掛かって、僕を見る。備品の椅子は相変わらず背凭れがキィキィと音を立てる。僕らのはともかくもせめてボスの椅子ぐらいは新しく換えてやってもいいんじゃないかって思うんだけど。

「お前の同級生だったとはな」

「驚きました」

本当に驚いた。昨夜《ゆうべ》マンションの名前を聞いたときには、まさかな、って思ったけれど。

「しかし」

三坂さんが書類をちらりと見て言った。

「住んでいた実家の近くのマンションなら、他にも中学とか小学校の同級生がいるんじゃないのか。けっこう大きなマンションなんだろう?」

「そうですね。今も住んでいるかどうかはともかく、覚えているだけでも五、六人の同級生がそこに住んでいたはずです」

三坂さんは、うん、って頷く。ちょっとだけ唇を歪《ゆが》めた。

「で、この末田《すえだ》則子《のりこ》さんとは、特別な関係は一切ないんだな?」

「食事をしただけの二回のデートが特別なことではないという判断なら、一切何もありません」

「その後連絡も取っていない?」

「はい。まったく。向こうからも来ていませんでした」

末田則子さん。中学のときの同級生。正確に言えば小学校のときもそうだ。同じ学校に通っていたけれど、その頃は名前も知らなかった。親しく話したのは中三のときに同じクラスになってからだった。

その女性が、死んだ。

マンションの屋上から落ちて、死んでいたんだ。

三坂さんが、ふん、と鼻を鳴らして僕を見た。

「まぁ身内というわけでもないし、特別な関係もなかったというのならまったく問題はない。むしろ好都合だろう。引き続き根来と二人でどっちになるのかを調べてくれ」

どっち、っていうのは自殺なのか事故なのか、あるいは事件なのかを調べるってことだ。間の悪いことに今朝になって別の事件の通報があって、他の皆はそっちに回ってしまった。手稲《ていね》区の方の一軒家で、主婦が殺されているという通報だ。しかも拳銃で撃たれているという情報も入ってきていた。

それで手一杯なので僕と根来先輩しか末田さんの案件には当たれない。


「しかしまぁ」

喫煙車両に乗り込んだ途端に煙草を取り出して火を点《つ》けた先輩が言う。

「確信した」

「何をですか」

シートベルトをして、車を発進させる。天気は良い。雲があちこちにあるけれども、きれいな青空が気持ちよい。喫煙可の警察車両の中で、最近のお気に入りはこのスバルのレガシイだ。もう十年も前の車でかなり地味なデザインだけど、ハンドルが固めで僕にするとすごく運転しやすい。スバルはもっと評価されていいメーカーだと思うんだけどな。

「お前は一生結婚できない」

「何を根拠にそう決めつけるんですか」

東苗穂へのルートを頭の中で考える。ここからだとどうがんばってもいつも混んでる道を通らなきゃならないけど、しょうがない。

「自分の周りで関係した独身女が死んでいく奴はそうなっていくんだよ」

先輩が笑いながら言う。もちろん、不謹慎だってことはわかっている。わかっているけれど、常日頃〈死〉というものに接している警察官は、ジョークでも飛ばしていないとやっていけない。これはきっとどの国でも、殺人捜査をしている刑事ならそうだと思う。そうやって自分の心のバランスを保っているんだ。

人一人死ぬというのは大変なことなんだ。その大変なことを、僕たちは感情を交えずに冷静に淡々と処理していかなきゃならない。それがたとえデートをしたことのある中学の同級生でも。

「せいぜいこれ以上死んでいかないことを祈りますよ」

そうやって、僕も軽口を叩《たた》く。先輩は煙草を吸いながら胸ポケットから折り畳んだコピー用紙を取り出す。

「末田則子さん、二十八歳。商業高校を出て札幌市内の製菓会社に就職。厚別《あつべつ》区で一人暮らしを始めたが、二十二歳のときに同じ会社の四つ上の男性と結婚した。が、一年も経たずに離婚。その後は独身。子供はいない。離婚してすぐに実家に戻ってきて、そのまま実母と二人暮らし。仕事は近所の大型スーパーでレジのパートをしていた。父親は三年前に病死しており兄弟はいない」

「ですね」

提供した、僕が知っている末田さんの情報の全部だ。昨日の夜の段階では、事故なのか自殺なのか何か事件に巻き込まれたのかは判断できなかった。夜間で現場の様子をはっきり確認するのは困難だった。もちろん、鑑識が出張って調べはしたしある程度の結論も出したけれども、現場保存しておいて今日の朝からもう一度確認だ。

そして、末田さんのお母さんはとにかく驚き悲しんで動転していて、とても話ができる状態じゃなかった。もちろん、心情的にも無理に話はするべきじゃないって思った。法医解剖の結果は今日の昼には出るけれど、今回は秋奈さんじゃなかった。別の大学の先生の担当だ。

「まぁ、自殺だろうな」

「そう、ですね」

予断はいけない。決してしてはいけない。だからまだ判断はしないけれども、僕ももう中堅の域に入ってきている刑事だ。現場の様子を見ればある程度は確信めいたものを持てる。

不思議な話だけど、現場に漂う〈空気〉というのは確かにあるんだ。

事件なのかそうじゃないのかはほぼ百パーセントわかる。事故なのか自殺なのかは、調べてみなければわからないのがほとんどだけど、誰かが誰かを殺した現場に漂う何かは、感じることができるんだ。

「ありませんでしたよね。あそこには」

「なかったな」

先輩も頷く。

昨日の夜の段階でのマンションの住民への聞き取り調査では、あそこの屋上は十年以上前から立ち入り禁止になっているそうだ。マンションができあがった二十年前には、共有の洗濯物干し場として活用されていたけれど、あまりにも風が強過ぎて洗濯物が飛んだり、暇を持て余した若者たちの溜《た》まり場になったりしていた。さもあらんと思う。それで、苦情が増えたので、普段は鍵《かぎ》が掛けられて使用禁止になり、正当な理由なしには誰も立ち入れないようになっていた。

ただ、鍵は管理人室にいつでもあって、マンションの住人であれば管理人が簡単に貸してくれるそうだ。

そして、屋上の鍵は開いていた。末田則子さんのポケットの中には合い鍵が入っていた。

「一度借りたときに合い鍵を作っておけばいつでも出入りできるよな」

「そういうことですよね」

事実、合い鍵を持っている古い住人もたくさんいるんじゃないか、という話も聞けた。そして、末田さん一家はほとんど主と言ってもいいぐらいの古い住人だ。

つまり、末田さんは自殺するために黙って屋上に上がれる手段を持っていた。

「問題は、春からの情報だな」

そうなんだ。

去年、偶然再会した末田さんとデートを二回して、これからひょっとしたらもっと深いお付き合いになるかなって矢先に、春くんに止めておいた方がいいって止められた。

春くんが、自分の趣味であり研究材料であり生きる糧にもなっている〈人間のあらゆる感情の、欲望の調査〉のために持っている三つのネットワークのひとつ〈井戸端会議〉。札幌市内ならほぼ全域にわたって、あちこちの主婦同士の繋《つな》がりに春くんはコネクションを持っている。持っているって言うよりはそこに参加している。

女装して。犬を連れて散歩している可愛い女の子として。

春くんは東苗穂の、末田さんのご近所の〈井戸端会議〉で、離婚して戻ってきた末田則子さんの離婚原因の噂を聞いた。それは、刑事の僕には、つまり刑事の恋人や妻にはまったく相応《ふさわ》しくないものだったから、これ以上付き合わない方がいいって教えてくれたんだ。

遺体が末田則子さんだったことが判明したときに、春くんにどんな離婚理由だったのか確認した。

万引きだった。

万引きした上に、そこの店の責任者と関係を持って万引きを許してもらっていた。しかも彼女はそれを繰り返していた。

教えてもらったときには思わず眩暈《めまい》がしてしまった。

「春くんが事実認定するんだから、疑いようのない事実なんですよね」

「だろうな」

先輩が頷く。

「その離婚理由が今回の末田さんの死に何か関係があるのかないのか」

もし自殺であるのなら、そこのとこを僕たちは調べなきゃならないだろう。自殺であると判断するためにはそれなりの理由が必要なんだ。こういう事情で自ら命を絶ったのだろう、という判断が必要になる。

「何にしても、きっちり調べて終わらせて、彼女を弔ってやろう。安らかに眠ってもらおう」

「ですね」

そうするしかない。何よりも僕は彼女の同級生だ。しかも二回もデートをした。手も握ってはいないけれど、十二分によく知っている女性だ。そういう人の死に際して、心が痛まないほど図太くはない。

〈ダイヤモンドパレス〉の屋上では、鑑識の皆さんがもう作業を終えるところだった。

「よぉ根来」

長内《おさない》さんがニヤッと笑う。まるでタレントのように白い歯がきらりと陽光を浴びて光る。長内さんの歯がどうしてあんなにきれいなのかは、署内の七不思議のひとつになってるぐらいだ。

「どうですか？　何か出ましたか？」

先輩が訊《き》いた。長内さんが右手の人差し指と中指でVサインのようなものを作って動かす。煙草をくれっていう合図。奥さんに禁煙を約束させられてもう五年。自分では買えないし署内でも喫煙派がどんどん少数になっているので、長内さんは先輩と会うといつも煙草をせびる。長内さんが現場で煙草を吸うってことは、もう何もかも終わり。完全な確信を持ったっていう証拠だ。

先輩が煙草を取り出すと、一本取って火を点ける。僕はいつも持ち歩いている携帯灰皿を貸してあげた。僕は吸わないけど、先輩といつも一緒にいるとこれは必需品なんだ。

長内さんが旨《うま》そうに、煙を吐き出す。少し強めの風にすぐ流されていく。春とはいっても五階建てのマンションの屋上に吹く風は少しばかり冷たく感じる。

「何にもねぇな」

「ありませんか」

訊いたら、こくん、と頷いた。

「そこの飛び降りた柵のところに新しく塗料の剝《は》げた部分があったな？　それも特に争って激しくぶつかって剝がれたってもんじゃない。乗り越えようとして自然にぶつかって剝がれた程度の量だ。仏さんの身体についていたのもそうだろう？」

「そうでしたね」

末田さんは部屋着のままだった。昨夜のうちにそれは確認できた。柔らかな素材のパンツにスウェットのトレーナー。どこでも買えるような普通の品物。そのパンツと靴、そして掌《てのひら》には確かに剝がれた塗料がついていたんだ。

「掌についた塗料の具合も、柵を乗り越えるために握った部分のものとおおよそ一致したぜ。そしてパンツについた塗料も」

左手でぽんぽんと自分の作業服のパンツの腿《もも》のあたりを叩いた。

「身体の前面部と、股座の部分にしかついていない」

「自分で乗り越えたってことですね」

「そういうこった。まぁ凶器で脅されて仕方なく乗り越えたって線は無理矢理考えればあるだろうけどよ。それならもっと慌てたりなんだりして派手につくはずだ」

「確かに」

そういうことだ。何よりも、もし脅されてそうしたのなら少しは騒ぎになっただろう。ところが、屋上のすぐ下の五階の住民たちは誰もそんな騒ぎを聞いていない。いつものように静かな夜だったと、夜中の二時過ぎまで起きていた高校生も証言している。

「何か気になる遺留品もなしですね」

「なし」

短く断言した。

「昨夜もしっかり確認したが、お天道さんの光の下で見ても年季の入ったゴミ以外は何にもねぇ」

屋上の床はコンクリートだ。

北国の人ならわかるだろうけど、春になって雪が融《と》けてそのままのコンクリートには泥や埃《ほこり》がそのまま溜まる。もちろん雨が降ったらそれはある程度は流されてしまうけれど、そこを歩けば足跡は残る。

ここの屋上にも、積もった雪が全部融けた後の埃が溜まっている。第一発見者のマンションの住人がものすごく気のつく人で、警察が来るまで誰も屋上に入らないようにしておいてくれた。結果として、雪融けの埃が積もったままになっていた屋上に足跡は一人分しかなかったのが確認できている。

「まぁとんでもない事実がどっかから出てこない限りは、俺の判断では自殺だな」

長内さんが言う。

「後は、その理由をしっかり探して供養してやれや。同級生だったんだろ?」

そうします、って頷いた。

「じゃすみません。母親に話を聞きに行くので後はよろしくお願いします」

「おう。報告書はすぐ出しとく」

階段室に向かおうとしたところで、先輩の携帯が鳴った。

「はい」

ちらりと僕を見る。何かの連絡だ。この時間だったらひょっとしたら解剖の結果が出たのかもしれない。先輩が何度か返事をして頷いている。

「了解です」

携帯を切る。唇を少し曲げた。

「こちらも何にもなし、だ。不審な外傷も毒物薬物反応もなし、もちろん突っ込まれた形跡もなし。ただ」

「ただ？」

先輩が僕を見ながら自分の左手首に右手の人差し指を何度か当てた。すぐにわかった。

「リストカットの跡ですか？」

「そうだ。何度かした跡が残っている。ただ、古い傷跡だ。どんなに新しくても半年以上は前だろうって話だ。デートした頃には気づかなかったか？」

「まったく」

そういえば、彼女は長袖《ながそで》だった。

「言われてみれば、袖が長めのセーターを着ていました」

「手首を隠すためだったのかもしれないな」

言いながら先輩が階段に向かったので、それに続いた。彼女には、則子さんには自殺衝動があったのか。

「中学校の頃にはどうだ。リストカットするようなタイプの女に見えたか？」

「全然ですよ。彼女は陸上部に入っていて、とても健康そうな元気な女子でした」

「スポーツやってるからって精神も健全とは限らんがな」

それはその通りだ。

末田さんの部屋は五階だ。しかも屋上へ出る階段室から降りて、すぐそこの部屋。この位置関係も自殺の可能性を高める要因だ。いつでも誰にも見られずにこっそりと屋上に上がれる。

部屋の前で、先輩が立ち止まって小声で言った。

「どうする。同級生であることを言うか？」

昨夜はそこまで話せる状態じゃなかった。

「母親の精神状態次第ですね」

「よし、じゃあお母さんと話すのはお前に任せる」

この時間に訪問することは昨夜伝えてある。混乱の中で失念する場合もあるだろうからって、メモも残しておいた。チャイムを押すと、ややあって開かれたドアの向こうに昨夜はいなかった女性がいた。

「おはようございます」

小さく言いこっちに向かって頭を下げた。若くはない。でも母親ほどの年齢じゃない。

「おはようございます。ご親族の方ですか？」

先輩が訊くと、はい、と、頷いた。

「従姉《いとこ》です」

誰のいとこなのかは後で確かめるとして、先輩と二人で中に入った。狭い玄関のすぐ両脇と向かい側にドア。左が居間へのドアだ。

「おはようございます。失礼します」

もちろん、丁寧にそして静かに入っていく。事件ではないのだから威圧的な人間を演じる必要もない。もっとも僕にそんな役柄は似合わないんだけど。

母親、末田則子さんのお母さん、昌子《まさこ》さんは居間の真ん中に置かれた背の低いソファに座っていた。

「すみません。まだちょっと、あれなので座ったままで」

いとこと言った女性が言う。

「もちろんです。こちらこそ朝からすみません」

「いいえ、ご苦労様です」

お母さんは、憔悴《しょうすい》し切った顔で小さく頷いた。でも、大丈夫だ。眼に光が戻っている。明らかにちゃんと話ができる精神状態に戻っている表情だ。いとこの女性に勧められて、先輩と二人でローテーブルの向かい側に置かれた座布団に座った。

「あの、申し訳ないです。こういう場合はお茶など出すのは失礼なのでしょうか」

お母さんが、おずおずと訊いてくる。

「失礼なことなどはまったくありませんが、けっこうですよ。どうぞお気遣いなく」

先輩がにっこり笑って言う。ハリウッドスターと揶揄《やゆ》されるほどの先輩の微笑みはどんな年代の女性にも有効だ。お母さんも、思わず微笑んだ。微笑んでから、居間に続きの台所に向かった。お茶を淹《い》れてくれるんだろう。そこのテーブルにあったポットに手を伸ばしている。

先輩がおもむろにポケットから手帳を出したので、僕が口を開いた。片方が質問して、片方はメモを取る。二人で聞き取り調査をする際の基本。

「すみません。いとことおっしゃいましたが、末田則子さんのでしょうか。それともお母様のですか？」

まず、台所に立ったいとこさんに訊く。

「あ、ごめんなさい。則子の従姉です。久内恵《ひさうちめぐみ》と言います」

久内恵さんね。

「つまり、お母様のごきょうだいのお子さん？」

お母さんが、こくん、と頷いた。

「私の兄の娘です。近所に住んでいますので」

「そうですか」

心配して駆けつけてくれたんだろう。昨夜僕たちが帰るまでは来てなかったから、朝早くに来たのかもしれない。そして、年齢的には僕より上に見えるけど、左手の薬指に指輪はない。その辺のことは後で確認。

お母さんはよく眠れていない様子だけど、顔色が悪いほどじゃない。台所には明らかに今朝方洗った食器もあったのを確認してる。何かを食べられるぐらいなら、大丈夫だ。

「実は、お母さん。今回の件にはまったく関係のないことなのですが、僕はお嬢さんの中学校の同級生です」

「えっ、あら」

デートしたことがあることはまずは伏せておく。もし則子さんがお母さんに報告していたら、その通りですと言えばいい。お母さんの表情に生気が戻った気がする。

「仲野と言います。三年のとき同じクラスでした」

あら、まぁ、とお母さんは二回繰り返し、笑みも漏れた。

「仲野さん」

「はい」

「ごめんなさいね。覚えていないけど、どちらに住んでいたの？」

「二丁目の、ドラッグストアの裏に実家がありました。今は引っ越してしまったんですが」

「まぁ、ご立派になられて。ねぇ」

「立派でもないのですが」

苦笑いして答える。覚えてないのも無理はない。男子生徒は十何人もいたんだし、何も交流はなかった。そして、訊いてこないってことは、デートしたことは知られてないってことだ。

「則子ちゃんとは、親しかったんですか？」

従姉の恵さんがお茶を運びながら訊いてきた。一気に口調に親しみがこもったのがわかる。

「残念ながら、在学中はほとんど話したことはありませんでした。あの、後日改めて同級生として伺わせていただきますので、葬儀の日取りなど、何か決まりましたらお知らせください」

こくん、と、お母さんも恵さんも頷いた。遺体がいつ戻ってくるかは、別に連絡が入る手筈《はず》になっている。そして自殺した場合、もちろんケースバイケースだけど、ひっそりと身内だけで葬儀を終わらせてしまうこともある。

先輩はただ黙って神妙な顔つきをしている。しているけれど、しっかりと観察している。お母さんや恵さんの様子に何か不審なところはないか。

自殺とほぼ決めてはいるけれども、何が隠されているかはわからない。

「それで、非常にお伝えしにくいことなのですが」

「はい」

「我々の見解では、今回のお嬢さんのご不幸に関しましては自ら死を選んだのではないかという結論に辿《たど》り着こうとしています」

こういう場合、できるだけ直接的な、生々しい言葉は使わないようにするんだ。顔に表れる微妙な感情を読み逃さないようにする。

お母さんは、驚かなかった。まったくと言っていいほど表情は崩れなかった。つまり、自分でもそう思っていたんだろう。それは、何か思い当たる点があるということだ。

反対に、恵さんの表情には何かが浮んだ。簡単に言えば〈それは、違うんじゃないか〉って感じのものだ。

「詳しく申し上げますと、ご遺体に不審なところは見当たりませんでした。そして現場であろう屋上ですが、そこにも不自然なものは一切見つかりませんでした。従って、我々としてはこれはお嬢さんが自ら命を絶ったものではないかと考えています」

そんなはずはありません！　と、叫ばれたこともある。それはもう何度もある。でも、則子さんのお母さんは静かに下を向いただけだった。恵さんも、ただ唇を噛《か》みしめた。少し間を置いてみたけれど、二人の口は開かなかった。

「そこで、我々としては、心当たりがあるかないかを確認させていただきたいのですが、いかがでしょうか」

先輩はただじっと、静かな面持ちで二人を見ている。

「それは」

お母さんが口を開いた。

「詳しくお話しした方がいいのでしょうか」

瞳《ひとみ》が少し潤んできたような気がする。でも、まだ大丈夫だ。

「お話ししていただけるのでしたら、確認のためにもお願いします。ただ、どうしてもお辛《つら》いようでしたら、我々の出す結論に納得していただければ充分なのですが」

お母さんが、小さく頷く。

「どのように言えばいいのかと思うのですが」

「はい」

「あの子は」

そこでいったん言葉を切って、僕を見た。

「仲野さんと一緒の頃は、中学校の頃は明るい元気な子だったんですよ？」

「そうですね」

笑顔で頷いておいた。

「僕も、ほとんど交流はありませんでしたけど、そういう記憶があります」

「そうなんです。毎日部活で外を走り回って真っ黒に日焼けしていました。それが」

溜息《ためいき》をつく。悲しそうに眼を伏せる。

「おばちゃん、私、話す？」

恵さんが、そっとお母さんの肩に手を掛けて言った。お母さんは小さく頭を動かした。

「あの子、高校生のときにいじめに遭ったんです」

「いじめ、ですか」

珍しい話じゃない。よくある話だ。

「細かい話はあれですけれど、それで何度か」

恵さんは、自分の手首を指でそっと撫でた。言葉にするのも可哀想なので、察してくださいという表情で。もちろん、わかります、と頷いておいた。

「そのことがあって以来、塞ぎ込むことも多くなったんです。あの」

「はい」

「則子ちゃんのことは、もういろいろ調べたんでしょうか。どこで働いていたとか、離婚経験があるとか」

ここは、話を早くするために素直に頷いておいた。本当は調べてはいないけれど、警察が頷けば大抵の人は納得してくれる。

「その辺りのことは、わかっています」

恵さんが頷いた。

「その離婚の原因も、どうやら旦那さんのＤＶだったらしいんです。それでまた心を病んでしまって、家に戻ってきて、何とか社会復帰はしていたんですけれど、病院には通っていたんです」

「それはつまり、心療内科に、でしょうか」

「そうです」

先輩と顔を見合わせた。旦那さんのＤＶというのはまったく初めて聞く情報だ。春くんの調べた離婚原因とは全然違う。いや、ひょっとしたら新しい事実なのかもしれないけれども。続けて訊け、と、先輩は眼で言っている。

「では、自殺もそこらが関係しているのではと思うのですね？」

恵さんは頷く。

「屋上に一人で行ったことも、何度かあるんです」

そうだったのか。

「鍵を借りてですか？」

恵さんがお母さんを見ると、お母さんは小さく顎《あご》を動かした。

「でも、ですね。刑事さん」

「はい」

「確かに則子ちゃん、危ない時期もあったんですけれど、最近はすごく安定していたんです。はっきり誰とは聞いていなかったんですけれど、新しい彼氏もできたような話をしていたんです」

新しい彼氏。ちょっと動揺してしまったけれど、それを顔に出すようなことはしない。

「それはつい最近の話ですか？」

「最近です。一ヶ月ぐらい前です」

「相手の方のお名前とかは」

「聞いていません」

一ヶ月前では、少なくともその彼氏とは僕のことではないわけだ。

「でも、車を売っているんだ、と言っていました」

「どこかのカーディーラーにお勤めの方ということですか」

「そこまではわかりません。ただ車を売っているとしか」

残念ながらそれでは僕らも雲を摑《つか》むような話だ。

「でも、間違いないんです。だから」

自殺したなんていうのは、少しだけ疑問です、と、恵さんは言った。

☆

「どうしますかね」

車に乗り込んで、すぐさま煙草に火を点けた先輩に訊いた。先輩は頷きながら窓を開けて、さらに小さく頷いた。

「まぁ」

そう言ってから少し間を置いた。車の窓に肘《ひじ》をかけて煙草を吸い、何かを考えるように外を眺めた。マンションの駐車場。人気はまったくない。ここのマンションは僕が近所に居た当時でも少し古めかしくて、入居者も減ってきてるって話を聞いていた。今も状況はあまり変わっていないようだ。明らかに、って程でもないけれど、寂れつつある雰囲気を漂わせている。

「自殺であることは間違いないだろう。お母さんも納得していた。ただ、彼氏っていうのは気にはなるな」

「ですよね」

本当に彼氏ができていたのなら、その彼氏は自殺の原因になったのか、あるいは自殺を止める要因にはならなかったのか。

「三坂さんには素直にそう報告だな。恵さんが確認してみると言ったんだから、後はそれ次第だ。本当にその彼氏が見つかって、恵さんがさらなる疑問を感じてそう言ってきたのなら、そのときに話を聞いてやればいい。同級生としてな」

「そうします」

恵さんは、落ち着いたら則子さんの携帯や遺品を少し調べてみると言っていた。本当に彼氏だったのなら、どこかに連絡先があるはずだ。僕らに調べてほしいと言ったけれど、こちらが自殺と判断してお母さんが納得している以上、それを受けるわけにはいかない。

警察は、事件じゃないとそれ以上は動かない。動けない。

「とりあえず、葬儀には顔を出して、やってくる若い男たちに注目しておきますよ」

そう言ったら先輩も頷いた。

「俺も出よう。何もなければな」

そう言ったときに、先輩の携帯が鳴った。

「はい、根来」

何の連絡か。車を発進させるのを少し待った。またどこかで事件が起こったのかもしれないし、ひょっとしたら則子さんの件で何か新しい情報でも入ったのかもしれない。

「キュウはいますよ。もちろん」

僕？　先輩が何のことですかって感じで僕をちらりと見た。

「こちらは終わりました。亡くなられた女性のお母さんも自殺ということで納得していました。もう少しの後付けは必要になるかもしれませんが、後は書類処理で終わりますね。問題ないです」

　その通りだ。先輩の顔に〈一体何だ？〉って感じの色が浮んでいる。誰からの電話だろう。先輩の口調からして三坂さんだと思うんだけど。

「二人でどこにも寄り道せずにまっすぐ戻ればいいんですね。もちろんそうしますよ」

　首を捻《ひね》りながら先輩が携帯を切る。

「誰ですか？」

「三坂さんだ。さっぱりわからん。とにかく終わったんならキュウと一緒にまっすぐ戻ってこいと」

「先輩がまた喫茶店で時間を潰《つぶ》すと思ったんじゃないですか」

　うん、って頷きながら、また首を捻った。

「ひょっとしたら今朝の西区の件で何かあったのかもな」

「あぁ」

　詳しいことは僕も先輩も何も聞いていない。そもそも通報があったので管轄の西区警察署の皆さんとうちが出張ったというだけ。

「発砲事件かもしれないんですよね」

「そう言ってたな。だったら四課の連中も誰か行ってるかもしれないな。柴田《しばた》が何か言ってきたかな」

「それはあるかもですね」

四課。コワイ人たち専門って僕たちはよく軽口を叩く。そこの柴田警部補は先輩の同期で仲が良い。そもそも根来先輩はそのハリウッドスター並みのとんでもなく甘いマスクとは裏腹にかなり辛辣《しんらつ》な性格をしているから、よく人に嫌われる。若い女の子たち、婦警なんか最初はキャーキャー言うんだけどそのあまりの冷たさにすぐ嫌われるんだ。だから、男の間でも先輩と仲の良い人は少ない。柴田警部補はその数少ない一人だ。

「ま、言われなくても帰るさ」

「ですね」

車を発進させた。僕も先輩もこの後は何もなければ書類仕事だ。

課に戻ると、そこには三坂さんと村山《むらやま》さんしかいなかった。二人で窓際のくたびれ過ぎた合成革のソファに座って顰《しか》め面してひそひそ話している。

そして、僕と先輩が戻ったのを見て、二人で同時に小さく頷いた。

「どうだった。同級生のお母さんは。大丈夫か」

三坂さんは少し優しい声を作って訊いてきた。

「大丈夫そうです。かなり落ち着いていました。自分の中でも何か納得する部分があったみたいです」

「そうか」

「葬儀には顔を出してこようと思います。それと、最近、彼氏ができていたようなんです。

それなのに自殺するのはちょっと疑問だという話が親族の方から出てきまして」

三坂さんが、ほぅ、という表情を見せる。村山さんもちょっと顔を顰めた。

「いずれにしても、この後に何かさらに自殺したのは疑問だという点が出てきて、確認したいのであれば連絡をくれるように伝えておきました。刑事としても、同級生としても」

うん、と三坂さんは頷く。

「それでいい」

その後に、溜息《ためいき》をついた。

「何があったんですか?」

先輩が村山さんの隣にどさっと座った。

「わざわざ帰ってこい、って電話したりして。俺はともかくもキュウが何かヘマしましたか?」

「何で僕なんですか」

すぐ近くにあった椅子を引っ張ってきて座った。三坂さんも村山さんも、何だか困ったような顔をしている。

「キュウ」

三坂さんが僕を軽く手招きしたので、椅子ごと少しテーブルに近寄った。

「はい」

「手稲区の現場だがな、星置《ほしおき》なんだ」

「星置ですか」

札幌の手稲区のさらに端っこ。小樽《おたる》と隣接する地域。三坂さんが僕を見ている。村山さんも僕を見ている。その視線に何かを感じた。先輩もそれを感じたようで、三坂さんと村山さんの顔を順番に見つめた。

何だろう。

「親戚とかいるか」

「いませんけど」

「土地勘はあるか」

完全に、何かがあった。これは、確認されている。つまり、手稲区星置の現場で、僕にこうして確認しなきゃならないような何かがあったんだ。

「もちろん、主要な道路は何度か通ったことはありますけど、ほとんどないと言っていいです」

だよなぁ、って三坂さんが言う。

「何があったんですか」

先輩が、ゆっくりと訊いた。三坂さんは溜息をついた。

「これを見てほしいんだがな」

携帯を取り出して、何度か指で操作した。何かがディスプレイに出たのを確認してから、また僕を見た。

「詳しいことはまだ調べている最中だ。主婦が殺されていた。胸に一発撃ち込まれていたのでそれが死因でほぼ間違いないだろう。第一発見者も通報者も隣人なんだが、その隣人が言うには主婦は旦那さんとの二人暮らしだ。子供はいない」

先輩と二人で頷いた。殺人事件ならば後で捜査本部が開かれるだろうからここでメモを取る必要はない。覚えておけばいい。

「家には旦那はいなかった。旦那は出張が多くてあまり家にいないらしい。それで、話の流れでこの人が旦那さんだと写真を見せてくれた。自分のスマホに入っていた写真だ。そこには、間違いなく殺されていた主婦とその隣に立つ男が写っていた」

三坂さんがディスプレイを僕に向けた。先輩と二人で覗《のぞ》き込んだ。

僕だった。

そこに写っていたのは、間違いなく僕だ。少しくたびれた感じのスーツを着て、僕が立っていた。

「え？」

思わず三坂さんの顔を見てしまった。三坂さんも、村山さんも、思いっきり顔を顰めている。

先輩が、唸《うな》った。

「これはキュウに見えるな」

「そう、ですね」

僕もそう思う。

これは、僕だ。

でも。

「これが、被害者の夫だと言うんですか？」

三坂さんが、ゆっくりと頷いた。

「手稲署の人間の中にお前のことを覚えている奴がいて、そいつが梶谷《かじや》に見せたんだ。梶谷が慌てて写真をデータで貰《もら》って、それを送ってきた」

ドッペルゲンガー。

その単語が頭に浮んできた。

3

被害者の旦那さんが、僕にそっくり。

いや、そっくりなんてものじゃない。自分で見てもこれは自分にしか思えない。

変な感覚だ。

自分が体験していない状況で自分が写真に写っている。まるで、ＣＧで自分が作られたような気分だけど、これはＣＧじゃない。いや、それは確定してはいないけど、まさかＣＧじゃないだろう。こんなものＣＧで作ってどうするって言うんだ。

本物の写真。

つまり、このもう一人の僕は、この世に存在する。

「一応確認するんだが」

三坂さんが真面目な顔で僕を見ながら言う。

「これは、お前じゃないな？」

「もちろんです」

被害者だというのは、もちろん見たこともない女性。

そして、僕と同じ顔の男性。

ここに写っている二人は明らかに夫婦ということが、仮に夫婦ということを聞かされてなくても、好き合っている者同士というのが伝わってくる写真だ。そこに自分が、いや自分じゃないんだけど、いるというのが、とてつもなく不可思議に思える。

何だろう、この感覚は。今までに経験したことのない感覚だ。

一言で言えば、気持ち悪い。

「僕じゃありません」

「この女性、被害者の主婦なんだが、まったく知らない女性なんだな？」

「その通りです」

三坂さんと村山さんが、同時に大きく息を吐いた。どうしたもんだか、って三坂さんは腕組みした。

「いや、どうしたもこうしたもないでしょう。こいつはあれですよ、キュウのドッペルゲンガーですよ」

根来先輩がそう言ってくれた。でも、三坂さんも村山さんも顔を顰《しか》めて首をぐるっと回したりしている。

先輩がその様子を見て、唸《うな》った。

「ってことは、そのご主人とまだ連絡がつかないってことですね」

「そうなんだ」

三坂さんが言う。

「お隣さんの証言ですぐに旦那さんと連絡を取ろうとした。被害者の携帯に入っていた番号に電話したが、出ない。どこの会社に勤めているのかは、お隣さん含め今のところわかっていない」

「職業もわからないんですか?」

「中古車を売っているそうだ」

「中古車?」

「車?」

先輩と僕と、同時に声を上げてしまった。それで、三坂さんと村山さんが同時に少し驚いた。

「何だその反応は」

「いえ」

先輩と顔を見合わせる。

「自殺した同級生に彼氏らしきものがいたって話をしましたよね」

「したな」

「その彼氏は車を売っていたとか。その他には何もわかっていないんですが」

三坂さんも村山さんも顔を顰めた。

「嫌な偶然だな」

「嫌ですね」

先輩が言って頷《うなず》いた。偶然っていうのは物語の中だけで起こると思っている人が多いかもしれないけど、そうじゃないんだ。事件の捜査をしていると、一体どうしてこんなところが繋《つな》がるんだっていう〈偶然〉が本当にたくさんある。

変な想像が頭に浮ぶ。

もし、もしも、末田則子さんがこの僕にそっくりな男と会っていたとしたら。そいつが車を売っている男だったら。

末田則子さんの自殺の原因は？

思わず、身体が震えてしまった。

「とりあえずそれは考えないで、心に留めておくことにしよう」

三坂さんの言葉に皆で頷いた。想像するのはいいけれど、変な方向での妄想はいけない。そして、予断は禁物だ。

でも、本当に、いつどこで何がどう繋がってくるかわからないから、きっちり覚えておく。

「まだ手稲の皆さんと梶谷たちが調べているが、被害者の旦那に関するものが、今のところ何ひとつ出てきていない。証言やこの写真からも旦那が存在していることは確かだが、連絡先がまったくわからない状況だ」

三坂さんはそこで言葉を切った。何も言わなくてもわかる。

決して表立っては言わないけれども、この段階で僕たち警察官の間では、旦那さんは殺人の第一の容疑者だ。悲しいことに殺人事件の犯人の七割近くが夫婦・親族というデータもある。

その第一容疑者が行方不明。

居所どころか、勤務先さえ摑《つか》めていない。

「それで、ですか」

先輩が少し息を吐いて言った。

「手稲の皆さんとの捜査で、キュウをどうするかって話ですか」

「そうだよ」

三坂さんが唇を歪《ゆが》めながら言った。

「お前だって刑事だ。わかるだろ。この写真を見た瞬間にお前はどう思った？　俺は素直に言うと『これは、キュウだ』と思ったぞ」

「残念ながら、私もなんだよ」

村山さんが言う。

「私たちはねぇ、ドッペルゲンガーの話を聞いていたから、ひょっとしたらこいつがそうか、と思って納得できるけど、今のところ、一緒に捜査をする手稲の皆さんをどうやって納得させるかが問題なんだよねぇ」

「しかもだ根来」

三坂さんだ。両手を合わせて揉《も》みながら言った。

「ドッペルゲンガーの話を皆に聞かせるとする。実はこういうことがあったんで、そいつがこの写真の夫だと思われます、と説明したとしよう。だがよ、そのドッペルゲンガーの話はどこからのものですか、と訊《き》かれたら、何て言うよ」

根来先輩が、溜息《ためいき》をついた。

「キュウから出た話ですね」

「そうだ。元はといえばキュウの友達からの話だ。交番詰めの小中くんだっけ？　あれはキュウの同期だ。つまり、同期の人間にキュウがそう思わせたのではないか、という線が出てきてしまう」

「でも、三坂さんだって見たんでしょう？」

先輩が言うと、三坂さんは頷《うなず》いた。

「それだから余計にだよ。ドッペルゲンガーはキュウの身内みたいな人間のところにしか今のところ現れてないんだぞ」

「あたりまえじゃないですか。キュウを知ってる人間じゃないとキュウとそっくりなんて判断できない」

「それもこれも、全てキュウの計算だったとか言われたらどうするよ」

ぐぅの音もでない。

その通りだ。

「むろん、俺たちはキュウを信じる。ドッペルゲンガーなんて小賢《こざか》しいことは言わない。〈キュウに瓜二つの他人〉が、被害者の夫だ。それで間違いないんだ。だが、問題は、これからの捜査でこの男はキュウではないってことを、俺たちは証明しなきゃならないんだ。それほどまでにこの写真の人物はキュウに似ているんだ。いや、同一人物だと断定できるんだよ」

そうなんだ。そう思ってしまう。自分で言うのもあれだけど、これが別人だと思える方がおかしいぐらいなんだ。

「その他の写真は」

思わず言ってしまった。

「きっと現場には、自宅には旦那さんの写真が他にもありますよね。それを見たら僕とは少し違うかもしれません。この写真がたまたま僕にそっくりに写ってしまったと」

「その通りだが、それも含めてわざわざ確かめなきゃならんてわけだ。つまり全部の捜査が二重の手間になるってこった」

そして、まだこの段階でも何も連絡が入ってきてないってことは、相変わらず旦那さんのものが出てきていないんだ。

僕が、被害者の旦那だと疑われてもしょうがない状況はしばらく続くんだ。

「なので、キュウよ」

「はい」

三坂さんが腕時計をちらっと見た。

「このまま黙って待っているわけにもいかん。ご遺体の様子からしても明らかにこれは、殺人事件だ。出てきた要素をひとつひとつ潰《つぶ》していくのが捜査の鉄則だ」

その通りだ。

「これから一緒に現場に行ってもらうが、済まんがお前は何もするな。一切口も利くな。ただ、そこに突っ立っているだけの存在でいてもらう。根来はもちろんだが、村さんの両方に挟まれてな」

ひょっとしたら。

「それは、ご近所さんへの、第一発見者への首実検ってことですか？」

三坂さんが、溜息をついた。

「しょうがないだろう」

もう一度携帯を僕に向けた。

「それ以外、今の段階で手稲の皆さんをどうやって納得させろって言うんだ。しかもだぞ、マスコミ対策はどうするよ」

その通りだ。何より怖いのはマスコミだ。出ることはまずないけれども、これがもし被害者の夫の顔写真をマスコミの誰かが手に入れて、そいつが僕を知っていたとしたら。

警察番の記者は決まっている。すぐにわかってしまうかもしれない。

「心配しなさんな」

村山さんが立ち上がって、僕の肩をぽんぽんと叩いた。

「今鑑識が採ってる、家に残っているはずの旦那さんの指紋を調べりゃあ一発でわかることだよ。とにかく現場に行って、第一発見者であるお隣さんと会って、別人ですってことを手稲の皆さんに納得してもらわないとね。これがうちの仲野久です、写真とは別人ですよってね」

「ま、そうですね」

先輩も頷きながら立ち上がった。でも、その表情が歪んでいた。それも、今までに見たことないような歪み方をしていた。

まるで、地獄の閻魔《えんま》様と向かい合っているような。

☆

いつもなら先輩を乗せて僕が運転して、喫煙車両で現場に行く。でも、今日は三坂さんと村山さんに挟まれてパトカーの後部座席。こうやってパトカーで皆で行くなんて数年ぶりだ。先輩は一人で前の車を運転しているけれど、きっと顰め面をしながら煙草を吹かし続けているに違いない。

「キュウよ」

「はい」

三坂さんが外を見ながら言った。

「済まんが、しばらくは家に帰れないぞ」

「わかってます」

これから僕は首実検される。まだ時刻は昼を回ったぐらいだ。ご近所の人たちは普通に家にいるだろう。その後、指紋を再度採られるだろう。警察学校で全部採られたから僕のはデータベースに入っているけれど、念のための確認をするんだ。

希望は、そこで「はい、指紋が違います」となることだ。なると思っているし、ならなきゃおかしいんだけど。

胸騒ぎがする。

「誰とも連絡を取るな。あくまでもしばらくの間な。別人だと大っぴらに確認が取れるまでだ」

「はい」

「というわけで」

村山さんが僕に向かって掌《てのひら》を広げて上に向けた。溜息をついて、胸ポケットから携帯を取り出して、そこに置く。

「心配しなさんな。指紋照合して確認作業が終わればすぐに自由の身だよ」

「そう願います」

「その後は、お前さんのドッペルゲンガー捜しだ。皆、楽でいいじゃないか。お前さんの顔を捜せばいいんだからねぇ」

村山さんが笑った。笑うしかない。

「それにしても」

三坂さんが呟《つぶや》くように言う。

「旦那さんが早いとこ見つかってくれないと、面倒臭いことになるぜ」

その通りだと思う。


手稲区星置。本当にこの辺りはまるで土地勘がない。現場になった家は賑《にぎ》やかな駅前から離れて、住宅街を越えて空き地が続くようなところだ。近くには学校もあるけれども、緑豊かと言えば聞こえはいいけど、たぶん夜中には人通りどころか車通りもほとんどない淋《さび》しいところ。

お隣さんと言うからてっきり住宅街の歩いて五秒のようなお隣かと思えばまるで違った。現場になった家と、第一発見者の家の間には大きな空き地があり、歩いて三分も掛かった。

そして、根来先輩と村山さんに挟まれて立っていた僕を見たそのお隣さんは、中年の主婦で、「あら！」という大きな声を上げた。

「工藤《くどう》さん！　どこ行ってたの！　奥さんが！」

何も言うなと言われている。ただ顔を顰めることしか、少し頭を下げることしかできなかった。否定もできない。

三坂さんと村山さんがどうしていいかという表情を見せる。一緒に来た手稲署の蜷川《にながわ》さんという刑事も、唇を歪めた。

「名取《なとり》さん、でしたね」

三坂さんが聞いた。主婦が、名取さんが頷く。眼を丸くしたまま、僕の顔を見たまま頷いた。

「確認させていただきたいんですが、ここにいる男性は、お隣の工藤隆則《たかのり》さんに間違いありませんか？」

名取さんは、何を言ってるの？　という顔を見せる。

「間違いないも何も、工藤さんじゃないですか！」

手をひらひらとさせる。その顔に本当に何を言ってるのかしらこの人、という表情が浮ぶ。

三坂さんが僕に向かって、ちょっと指を動かして見せた。会話をしろ、という合図だ。

「名取さん」

「はい」

「僕の顔を、もう一度ゆっくり見てもらえませんか？　この姿をゆっくりと見てください。本当に、隣人の工藤隆則さんですか？」

「はぁ？」

中肉中背、という言葉がぴったりの主婦だ。人の良さが顔に表れている。最近は多く感じる迷惑なクレーマーとか、何を考えているのかわからないような怖い隣人のようなタイプじゃない。もしこの人が隣に引っ越してきたら「良さそうな人で良かったね」と思うぐらいの感じ。

その人が、名取さんが困惑している。

「どうしたの？」

そう言ってから三坂さんたちを見回し、急に慌てたように僕に一歩近づいた。

「何か言われたの？　まさか犯人って思われてるわけじゃないわよね？」

心配そうに小声で言った。

僕の声を聞いても、まだ工藤隆則さんと思っている。

これは。

三坂さんが、咳《せき》払いをした。

「キュウ。警察手帳を見せて差し上げろ」

「はい」

スーツのポケットからそれを取り出す。今は手帳機能は付いていないんだけど、いまだに〈警察手帳〉と呼ぶ。

「私は、工藤隆則さんではありません。北海道警察刑事部捜査第一課、仲野久巡査部長であります」

文字通り、本当に文字通りに名取さんは、ぽかんと口を開けた。何度か僕や三坂さんたちの顔に眼をやって、視線を行き来させて、また僕の顔を見る。

「え？　警察官だったの？　じゃあ、あれなの？　潜入捜査とかいうやつで偽名を使っていたってこと？」


結局、名取さんは〈工藤隆則さん〉と僕の区別ができなかった。

赤の他人で、そして他人の空似なんですと説明しても、双子だってこんなに似ているはずがないと首を何度も振っていた。そして、刑事さんたちが別人と言うならそうなんだろうけど、どこからどう見ても僕は〈工藤隆則さん〉に見えると。

最悪だった。

首実検の結果、別人だとは証明できなかった。

根来先輩が運転してきた喫煙車両の助手席に座って、溜息をつくしかなかった。

「そんなに息を吐いていたら過呼吸起こすぞ」

「違いますよ。酸素を吸い過ぎると過呼吸起こすんです」

そうだったか、って先輩が煙草に火を点《つ》けた。煙を吐き出す。現場になった工藤家ではまだ関係書類などの捜索と鑑識の作業が続いている。

「しかしまぁ」

先輩が言った。

「お前のドッペルゲンガーは文字通りもう一人のお前だったたってことだな」

「そういうことですね」

先輩が、大きく煙を吐いた。

「臭うな」

「何がですか」

顔を顰めている。

「いや、まだそう思うのは早いがな」

「だから、何が早いんですか」

「仕込まれているってことさ」

「仕込み？」

思わず先輩の方を見た。煙草をくわえながら小さく頷いた。

「もしこれが、お前をハメるための仕込みだとしたらってことさ」

そんな。

「そんな仕込みをする人間なんて」

いるはずがないじゃないですか、って言おうとして、止まってしまった。先輩は僕を見ている。じっと見ている。

「いるだろ。そういう男が。こんな仕込みをやろうなんてとんでもないネジのぶっとんだ思考回路を持っている男が、身近に」

山森晴行《はるゆき》。

「でも、まさか」

「そのまさか、をするのが山森じゃないか。思い出せよ。あいつはあの野菜事件のときに何をした？　何の罪もない、いや罪はあったのかもしれないが三人の男を〈自殺〉させたんだぞ？」

そうだ。そうだった。自殺願望のあった男たちを操って、自殺させた。いとも簡単に。

「でも、どうやって僕のドッペルゲンガーなんて」

「春はどうやった？」

「春くん？」

「前の事件のときに、自分によく似た男を用意して山森の手下を騙《だま》くらかしたよな？」

それも、そうだ。

「でもあのときはマスクをして」

「マスクで顔を隠して、顔の上半分だけを髪形とよく似た目元で騙したんだよな。だが、それができるんなら、本当にお前によく似た男を探しだして、こんな仕込みも可能なんじゃないのか？」

できるのかもしれない。

「でも、あの名取さんの反応は。誰がどう見ても僕を工藤隆則さんだと信じてましたよ？いくら似た男を用意したからって声や様子まで」

「顔が似てるのなら声も似てる。そんなのはあたりまえだ。骨格が同じなんだから似たような声が出てきても不思議じゃない。立ち居振る舞いだってお前を観察して、ビデオでお前の日常を隠し撮ってそれを徹底的に叩《たた》き込めばできないことじゃない。俳優なんて皆それをやっているんだろう？　それに」

「それに？」

先輩が顎《あご》をぐるっと動かした。

「見た通り、住宅が密集している地域じゃない。見回しても眼に入る民家はほんの数軒だ。普段から隣人同士が始終顔を合わせているとは思えない。その上名取さんも〈工藤隆則さん〉はいつも出張中でいないと言っていたぐらいだ。だから」

仕向けることは簡単だ、って続けた。

「仕向けるとは」

「工藤隆則という男を印象づけるってことさ。詳しいことは皆が調べてくれるだろうが、あの名取さんという主婦だって、ひょっとしたら今まで工藤隆則と顔を合わせているのはほんの数時間かもしれない。お前だってどうだ？　アパートのお隣さんと今まで顔を合わせた時間を足したら何時間になる？　お前あのアパートに住んで五年になるよな？」

「なりますね」

隣に住んでいるのは能登《のと》さんだ。引っ越してきて二年になる。その間、僕と顔を合わせた時間は。

「たぶん、二時間もないと思います」

「だろう？」

そんなもんだ、って先輩は続けた。

「人は、その短い間に印象に残ったものをずっと持ち続ける。だったら、多少の違いがあったとしてもお前を〈工藤隆則さん〉と思わせることは可能なのかもしれない。今の整形手術は相当進んでいるという話だしな」

整形手術か。その手もあったか。

「でも、そんなにしてまで」

「仮に山森だとするなら、動機はあるだろ。これは、春を破滅に導くための第一歩かもしれないってことだ」

☆

庁内の、普段は柔道の道場にも使えるし、大勢の仮眠室にも使える広い畳敷きのある部屋。畳を敷いている部分だけで四十畳はあるから二十人ぐらいの男たちの雑魚寝にも対応できるんだ。この部屋がそうやって使われるのは三区以上、つまり本部と他の二区との合同捜査のときぐらいだ。

その部屋の隅の壁に凭《もた》れて座り込んで、ただ待っていた。先輩と、そして手稲署の刑事、蜷川さんと三人で。別に拘留されているわけじゃないんだから、コーヒーとかペットボトルとかが手元に置いてあって、傍目にはのんびり休憩しているようには見えるんだけど。

もう夕暮れの光も消えようとしている。そろそろ電気を点けた方がいいんじゃないかっていう時間。でも、壁一面の窓からの淡い光がまだ大丈夫って言ってる。

「まぁ、あれですよ仲野刑事」

「はい」

蜷川さんが煙草を吹かしながら、小さく笑った。

「私たちもそんな真剣に疑っているわけじゃないですから、そんな世界の終わりみたいな顔をしないでいいですよ」

「そんな顔をしてましたか」

蜷川刑事は僕より十も上の先輩だった。今まで会ったことはない。いや、たぶん合同捜査や研修会やその他もろもろで顔を合わせていたのかもしれないけど、お互いに意識したことはなかった。こうやって話すのも初めてだ。

現場になった工藤家に残されていた指紋を全部採取して、それらと、僕の指紋の照合が終わるまでの間の監視役。監視というのも少し変なんだけど、今のところはそう言うしかない。

「そんな顔をしたくもなるわな」

先輩が言う。そうなんだ。

結局まだ被害者の旦那さんは、〈工藤隆則さん〉はどこにいるのかわかっていない。自宅を捜索しても〈工藤隆則さん〉に関するものが何ひとつ出てきていないんだ。たとえば、給与明細、領収書、市役所など公共機関からの通知、あるいは銀行の通帳、その他もろもろ。社会人として働いていれば必ず何かはあるはずなのに、それらの書類は一切ない。奥さんの〈工藤佐枝子《さえこ》さん〉のものはあっても〈工藤隆則さん〉のものがまだ出てきていない。

それは一体何を意味しているのかって考えるのなら、〈工藤隆則〉なる人物は、本当に戸籍上存在しているのか？　ということになる。

架空の人物なのではないか、被害者になった奥さんは騙されていたのではないか、詐欺師とかそういう類《たぐ》いの人間なのではないか。

そこまで考えると僕の存在がまたクローズアップされてしまうんだ。そもそもこんなに似ている人物が本当に同じ市内に二人いるのか？　いたとしたら、一体それは何を意味しているんだ？

こんなことを言った刑事さんもいたらしい。

『仲野久という刑事は、二重生活をしていたのではないか？』

あるんだ。そういう事件は。僕はまだ経験したことないけれど、二重どころか三重生活をしていた詐欺師も存在するらしい。

もちろん、僕はそんなことをしていない。工藤佐枝子さんの司法解剖は始まっているはずだ。それで死亡推定時刻が確定されて、その時間帯の僕のアリバイが存在することがわかれば少なくとも犯人ではないことを立証はできるけれど。

そして〈工藤佐枝子さん〉の身内、両親や兄弟や親戚の方々、そういう人たちもまだ見つかっていない。

携帯番号に入っていた友人知人関係への聴取はもちろん手稲署やうちの皆で始めている。でも、まだ身内という人にはぶつかっていない。ちらっと聞いただけど、友人の話では家族の話は聞いたことがないし、本人も黙っているので何か事情があるのだろうと確認したことがなかったそうだ。

「それも、きっともうすぐ見つかりますよ」

蜷川さんは細身の人だ。髪形はクラシカルな七三分けをしている。一見すると警察官には見えなくて、どこかの会計事務所の人なんじゃないかって雰囲気もある。

そして、たとえば先輩も細身ではあるけれど雰囲気で筋肉質であることはわかる。僕も細身だけどまだガリガリと言われるようなものじゃない。でも、蜷川さんはとにかくガリガリだった。それで徹夜の捜査なんかできるんだろうか、もっとご飯を食べてくださいよと思わず言いたくなるほどに。

「どんな人間だろうと、二十数年間生きてきて、誰とも血縁関係がないなんてほとんどありえないですからね」

「いや」

先輩が言った。

「仮に〈工藤佐枝子さん〉が、孤児だとしたらそれもありますよ」

「あぁ」

そっちはね、と、蜷川さんが頷く。

「それにしたって育った養護施設があるはずですからね。そこがわかれば彼女の人生の跡は手繰れます」

「そうですね」

先輩が最悪の状況を想定しているのがよくわかる。そして蜷川さんはそれを知らない。もしこれが本当に山森の仕業だとしたら、どこまで行っても進めない、むしろズブズブと沈んでいくような、アリジゴクの罠のような状況が待っているはずなんだ。山森はそういうことを計画できる男だ。

その状況のひとつ。打破できるかさらに混乱に陥るか。

指紋照合。

結果はきっともうすぐ出るはず。

ドアが開いて、三坂さんと村山さんが入ってきた。思わず腰を浮せてしまった。二人は何も言わないでそのまま靴を脱いで畳敷きの上に上がって、僕たちの前までやってきて、そして、よっこらしょ、とか言いながら座り込んだ。

「済まんな、蜷川君。退屈な役目を押し付けちまって」

三坂さんが言うと、蜷川さんは微笑んだ。

「いえ、仕事ですから」

うん、と、三坂さんは頷く。

僕と先輩は、三坂さんと村山さんが発する雰囲気から、もうそれを察してしまっていた。

最悪の結果なんだ。

間違いなく。

「キュウ」

「はい」

三坂さんの、僕を見る瞳《ひとみ》がほんの少しだけど潤んでいるような気がする。いつもより、熱を帯びている。

「工藤家のあらゆるところの指紋を採取した」

「はい」

いつも通りの鑑識さんの仕事だ。何十、下手したら何百という指紋を現場から採取して、ひとつひとつ照合していく。コンピュータがあるとは言っても、ほとんどは人の眼による確認だ。大変な作業なんだ。

「その結果、工藤家からおおよそ五人分の指紋が発見された」

「五人、ですか」

三坂さんが頷く。

「十本の指がほぼ完全に揃ったのが、被害者の〈工藤佐枝子〉」

「はい」

それは、大抵そうなんだ。家の主婦の指紋は十指全部揃うことが統計上も多い。その反対に旦那さんの指紋が全部揃うことは少ない。

「その他に、おそらくは三人の違う人間の右手の指の指紋があった。前科のある人間ではなかった。これは、玄関先などではないことから、宅配業者の類いじゃない。犯人の指紋の可能性もあるだろうから、もちろんこれからの捜査で誰が家に入ったことがあるのかを調べなきゃならん」

「そうですね」

「そして、だな」

三坂さんが、溜息をつく。

「十指ではないが、お前の指紋が採取された」

先輩が、小さく舌打ちをしたのがわかった。

僕の指紋。

「場所は、居間のテーブルに右手の三指、そして寝室に左手の二指の指紋。それらが完全に一致している。その他にもマッチングのパーセンテージは低いが、お前のものだろうと思われる指紋が多数ある」

眩暈《めまい》でも起きてくれたら、そして倒れ込んだら皆が心配してくれたんだろうけど、全然何もなかった。

山森が絡んでいるんじゃないかって思ったときから、覚悟していた。

指紋なんか、今の技術では簡単に偽造できる。偽造まで行かなくても、僕の指紋を採取してそれを何らかの方法で付ければいいんだ。それは、ちょっとした知識さえあれば素人でもできる。

村山さんが、唸るように言った。

「お前さんは、あの家に入ったことがあるのかね？」

お前じゃないな？　とは訊かなかった。それは誘導尋問もしくは予断のある質問になってしまうからだ。

もう村山さんは僕を部下の刑事として質問していない。

「僕は、あの家に入ったことなどないです」

三坂さんと村山さん二人で、盛大に溜息をつく。蜷川さんはただ黙って静かに僕と皆の様子を見ていた。

「長年刑事をやってるがな」

三坂さんが言う。

「初めてのことだぜこんなことは。前代未聞だ」

「死亡推定時刻は？」

黙っていた先輩が訊いた。そうだ、それが最後の望み。

「昨夜の午前一時から三時の間だ」

「一時から三時？」

思わず聞き返してしまった。勘違いしていた。

「発見されたのは今朝方ですよね？　第一発見者のあの名取さんは、発見時に銃声を聞いたんじゃなかったんですか？」

刑事としてはあるまじきことだけど、そういえばその辺のことはまだ確認していなかった。僕も混乱していたのかもしれない。

「違う。銃声のようなものを聞いた気がする、と名取さんは証言していたが、はっきりと銃声とはしていない。そして現場から被害者を撃った銃弾以外のそれは見つかっていない」

発見時の状況は、名取さんが犬の散歩をしていたときだ。いつも散歩の途中に、つまり朝の九時ぐらいのその時間には、晴れていれば工藤佐枝子さんが庭で洗濯物を干していたりする。そこで立ち話をするのが習慣みたいになっていた。

ところが今朝は天気が良いのに洗濯物を干していない。姿が見えない。それどころか部屋のカーテンが閉まったままだ。あら、寝坊かしらそれともどこかへ出掛けたかと思ったけれど、そういえば、と思い出した。夜中に家の犬が妙に吠《ほ》えたことを。そして、何か変な音が聞こえたのを。

「何せ就寝中だったのでそのまま寝てしまったのだが、妙な胸騒ぎを感じて、呼び鈴を押した。だが、誰も出ない。思い切ってドアノブを回したら、鍵が掛かっていなかった。しかも玄関の土間の靴が乱れていた。これは、変だ、と思って声を掛けたが反応がないので部屋に入って、居間に倒れている被害者を発見したという状況だ」

そうだったのか。

「一応、訊くが、その時間お前はどこにいた」

溜息をつくしかない。

「自分の部屋にいました」

寝ていた。刑事だって普通の日はある。むしろその方が多い。自分のアパートの部屋に帰って、寝ていたんだ。

「誰かと一緒にいたとかはないのかね」

村山さんが訊く。

「ないです」

夜中に一緒に布団に入っているような彼女は、いない。もういない歴何年にもなる。誰かに紹介してほしいぐらいに、長い。

「アリバイなし、ですか」

蜷川さんが静かに言った。

「奇想天外な発想になってしまいますが、仲野刑事が二重生活をしていて、何らかの理由で工藤佐枝子さんを撃ち殺したという構図が出来上がってしまいましたね。これは、本部の拳銃の調査も進めなきゃなりませんね」

「その通りだな」

拳銃が凶器になると真っ先に疑われるのは暴力団関係だ。この日本では、一般の人が拳銃を入手するのは困難。

でも、僕たち刑事は少なくとも手にする機会は多い。それこそ、押収した拳銃も多数、ある。あくまでもその気になれば、だけど、拳銃を持ちだすことは可能性からいえばゼロじゃない。

「しかし」

蜷川さんが続けた。

「とんでもなく微妙な問題になってしまいましたね。まさかこのまま仲野刑事を拘留する、なんて言い出しませんよね？　いくらなんでも僕たちもそこまでは言えませんよ」

三坂さんは、唸った。

「だが、キュウが重要参考人としての要素を満たしているのは間違いない。かといって、このままマスコミに流すわけにもいかない」

どうすればいいのか、って感じで皆が唸ってしまった。唸りたいのは僕の方だけど、何も言えない。

「ひとつ、提案があるんですが」

先輩が言って、皆が先輩の顔を見た。

「なんだ、根来」

「キュウを保護しましょう。それは二重の意味で、です。もし本当にキュウが犯人なら拘留しなきゃならない。けれどももし、本当に〈工藤隆則〉が存在しているのなら、キュウとの関連性も含めてキュウをハメたということも考えられます。つまり、キュウにはじっとしていてもらいたい。そういう意味での保護です。警察は工藤隆則なる人物を追う。それはまったく捜査の手順としては問題ないですよね。マスコミにそう発表しても誰もが納得します。秘密にするのは刑事とそっくりだったという部分と指紋だけです」

「だが、保護したからと言って何かが進展するわけじゃないだろう」

「保護しつつ、進展させるんです」

先輩が、眼を細めて続けた。

「ある天才に保護してもらって、その天才の力を借りて、表とは別に、裏でも捜査を進めるんです」

4

ルームミラーに映っている根来先輩の眉間《みけん》に刻まれた皺《しわ》が、消えていない。

ずっと、まるで歯痛に耐えてでもいるみたいな表情なんだけど、これも女性が見たら渋くて素敵っていうことになってしまうんだろう。そして、普段なら僕はその横顔を見ている。先輩が運転するときには、助手席に座っているはずなのに、後部座席にいる。

蜷川刑事と並んで座っているんだ。さすがに手錠まではされていないけれども、蜷川さんが決して気を緩めていないのは十二分に伝わってくる。もちろん僕は逃走するとかそんなことは一切考えていないけれども。

「キュウ」

ハンドルを握る根来先輩が呼んだ。

「はい」

「コンビニに寄るぞ」

「コンビニですか？」

そうだ、って先輩は頷《うなず》いて、一瞬後ろを見るように頭を動かして蜷川さんにも言った。

「自宅にも行かないでまっすぐ志村家に直行しますからね。必要最低限の下着とかそういうものを買わせましょう。なんだったら俺たちの分も」

「そうですね」

蜷川さんも頷いた。

「領収書を切りましょう。立派に請求できますよ」

「ですね」

先輩が笑って頷いた。

何もかも異例のことだ。

刑事である僕が重要参考人の一人である、というのも滅多にないこと。

その僕を一般人の家庭に一時保護という名の軟禁をするという決定も異例だ。

ただし、本当の意味での上の判断は一切仰いでいない。あくまでも、捜査第一課の僕たちのボスである三坂さんだけの判断。

一般人の家庭ではあるけれども、そこは札幌医療大学法医学教室教授であり法医学の天才、そして司法解剖の嘱託として活動する秋奈さんの家であることも考慮された。さらに春くんが今まで数々の事件で根来先輩に事件解決に向けてのアドバイスをしてきたことも、今回初めて三坂さんに先輩の口から説明された。

今までにもそれとなくは匂わせていたし、春くんはあの野菜の事件で事情聴取されていたこともあり、三坂さんも何となくは理解していたので、改めて納得していた。

それらのことと、今回の明らかに異常とも思える事件の裏には、それを仕組んだある人物がいるかもしれない、と、先輩は三坂さんと村山さん、その場にいた蜷川さんにもだけど、初めて教えたんだ。

☆

「山森という男です」

先輩が、静かに告げた。

「山森晴行。北道《きたみち》大学の院生です」

変態的な性的嗜好《しこう》を持つ顧客に、それを満足させるものを提供する〈秘密クラブ〉を主宰しているであろう、山森晴行。

「名前も住所も生い立ちも全てわかっています」

先輩が言うと、三坂さんは唇をひん曲げてから言った。

「何もかも調査済みってことか」

「そうです」

「そこまでしてるってことはあれかい？　何かしらの証拠もあるってことかい？」

村山さんが訊《き》いた。

「その通りです」

証拠は、ある。

最初に出会って、春くんと山森が対峙《たいじ》したときに録音しておいたＩＣレコーダーの内容。署に持ち込んでも、三坂さんに報告してもきっとどこかで消されてしまうと判断して、今まですっと先輩が保管しておいた。

その他にも、僕と先輩と春くんが見聞きしたこと。

それらを踏まえて、もしも今回の事件の標的が僕であるならば、つまり僕がハメられたのなら、事件を起こしたのは山森以外はありえないと思える事実。

先輩が、スーツの内ポケットから出したのはＩＣレコーダー。

「持ってたんですか？」

驚いて訊いたら、頷いた。

「いつも持っていたさ。あの日からずっとな。もちろん、データの複製もしてある」

「そうだったんですか」

「まずは、長くなりますけど話を聞いてください。あの野菜の変態の事件からですよ」

車座になって座り込みながら、先輩が話し始めた。

僕が春くんと初めて会った事件からだ。ダイコンとゴボウとゴーヤの事件だ。

春くんと山森と僕と先輩の間で、今まで起こったことの全て。もちろん、警察内部にも山森の〈秘密クラブ〉の仲間というか、会員が、変態的な性的嗜好を持つ人間がいるであろうことも含めて全て。

先輩が、三坂さんと村山さんと蜷川さんに向けてする、簡にして要を得た話を一緒に聞きながら、大丈夫だろうかって思ってしまった。なんたって春くんはここにいるボスの三坂さんでさえ実は疑っていたんだ。山森の仲間かもしれないって。三坂さんは煙草を吹かしながら黙って聞いている。

でも、きっと、先輩は確信して覚悟したんだ。

これは明らかに山森の仕業だと。

そしてここで決着をつけなくちゃもうどうしようもないって。

だから、仮に三坂さんが、村山さんが、蜷川さんが、あの山森に通じていたとしても、あの二重スパイのようなことをしている坂城《さかき》教授と同じような立場になってくれるかもしれないってことまでたぶん期待して、先輩は話をした。

もちろん僕も先輩も三坂さんが山森の仲間だなんて、七割は信じていない。残りの三割は、しょうがない。可能性がある以上は疑っていくのが僕たちの商売だ。

でも、もしこれが、三坂さん一人しかいなかったら話さなかったかもしれないって思う。村山さんや、違う署の人間である蜷川さんがいたからこそ、今が千載一遇の機会だと感じたんだ。

もし、三坂さんが山森の顧客だったとしても、今まで多くの犯人を挙げてきた優秀な刑事であり、僕たちの愛すべきボスである三坂さんの心の奥にある刑事魂に賭《か》けるためにも他の誰かがいた方がいいって考えた。たぶんそうだ。

そして、毒を食らわば皿まで。

何もかも覚悟しなきゃ、刑事なんかやっていられない。

先輩が今までのことを話し終えて、そしてＩＣレコーダーに録音されていた春くんと山森の会話を聞かせた。聞いたのはあのとき以来だけど、今となってはなんか懐かしくなってしまった感じもある。

山森に犯罪歴はない。どこをどう調べても善良な一市民という経歴しか出てこない。けれども、裏の経済活動とでもいうべきものを握っている陰の支配者。そしていつでも春くんを殺せる。家族を巻き添えにもできる。政界経済界はもちろん、警察の中にも仲間は、顧客はいる。その顧客たちは自分たちの秘密を守るためになら、何でもする。そうしなければ自分たちは破滅するから。

先輩が、ＩＣレコーダーのスイッチを切った。

「どうですか」

僕以外の三人の顔を見回してから、訊いた。

「この事件は山森の仕込みと断定して、キュウを志村家に保護してもらう、言い方を変えれば軟禁するのが、今後の捜査を進展させるためにはベストな選択だと納得してもらえると思うんですが」

三坂さんは、腕組みをしながら下を向いて考え込んでしまった。村山さんは苦虫を嚙《か》み潰《つぶ》したような顔をしている。蜷川さんも、これは一体どうしたもんだかって感じで首を捻《ひね》っていた。

「村さんよ」

三坂さんが顔を上げて村山さんに言った。

「どう思う、今の話。山森なる院生、秘密の〈山森クラブ〉とかいうものの存在、そして志村春という、志村先生の弟さんか？　その話を聞いて」

村山さんは、口を歪《ゆが》ませながら頷いた。

「話だけは、とりあえず納得はできますね。その志村春くんという青年の、何と言えばいいんですかね？　特殊な脳の働きとか記憶云々とかはこの眼でその能力を確かめないと何とも言えないとしても、あの野菜事件や北道大学の件もそういうことなら、筋は通りますよねぇ。〈山森クラブ〉の存在に至っては今までもそういうような話は、出たり引っ込んだりしましたからなぁ。あったとしてもおかしくはない。なんたって根来がここまで言うんだし、こうして録音された自白ともいうべき証拠もある」

「そうだな」

「私も、そんなようなものは、聞いたことはありますね」

蜷川さんが頷きながら言った。

「犯罪を起こさない限りは我々の関知するところではないですが、うちの区でもありましたよ。夫婦喧嘩《げんか》の果てに奥さんが旦那さんを刺した事件で、その裏には旦那の変態的な性的嗜好の問題があって、そこには、そういう人間にちょうどいい浮気相手を斡旋《あっせん》するような第三者の存在があったという証言もありました」

「そうですか」

三坂さんが頷いた。

「それは、どうなったんですか」

訊いたら、蜷川さんが肩を竦《すく》めた。

「結局は旦那の浮気で奥さんが怒ったって話ですからね。単なる痴話喧嘩の果ての傷害事件ですから、話を聞いてそこで終わりですよ。その浮気相手が実はこういう組織があって、と証言したなら別ですがそんな話は一切なかった。なので、そこで捜査終了です。私たちが旦那の浮気相手を追いかけることなんかできません。一応、生活安全課やそっち方面への報告はしましたが、進展はありませんでしたね」

「でしょうな」

村山さんも頷いた。

「そんな話は山ほどありますがねぇ。明らかな犯罪の証拠がなければそこから捜査を進めようがない。しかし」

僕と先輩を見て、溜息《ためいき》をついた。

「警察の上層部に、その秘密の〈山森クラブ〉の関係者ってかい。署内のどっかに変態さんがいるってのはまぁなんとも」

「厄介ですね」

蜷川さんも言う。

「個人の嗜好ですが、警察官としては明らかに拙《まず》い。仮にそれが判明したとしても表に出たら大騒ぎですね」

「だから、なんですよ。山森が傍若無人に動いていられるのも」

先輩がそう言うと、三坂さんも村山さんも頷いた。

「仮にこいつを証拠にして、山森を引っ張ってきて事情聴取をするってのはどうなんですか」

蜷川さんが言って、でも言いながら首を捻った。

「駄目ですね。山森が言っていたように、冗談ですよ、と言われたらそれまでですね」

「そうですねぇ」

村山さんが頷いた。

「これ以外の証拠は何もない。仮に捜査を始めるとしても肝心の事件はもう終わってしまっているからねぇ」

「そうだな」

三坂さんも頷いた。

「終わった事件を蒸し返すためには、もっと強力な証拠が必要だ。仮にそれをキュウと根来の証言だとしても、上に持っていったときにそんなものじゃ動きようがないと言われればそれまでだ。何せこれだけでは、この山森という男は、何もしていないのと同じだ。ただの妄想狂の男で終わってしまっている」

その通りなんだ。

「話を戻しますが、その山森という人物が今回の仕掛けをしたとして、そのそもそもの目的はなんですか。この事件を通じて志村春くんと、自分の組織の実態を知った仲野刑事と根来刑事を社会的に抹殺することですか」

「そうだとは思うのですが」

　先輩が言うと蜷川さんが頷いて続けた。

「だとしても、確かに相当凝った計画であることは間違いありませんが、既に破綻していますよね。我々も馬鹿じゃない。仲野刑事が犯人だと素直に思い込むはずもない。仮に、我々の中にいるという山森の仲間が手を回して、仲野刑事を有罪にさせて免職に追い込んだとしても、志村春くんにも根来刑事にもさしたる影響はない。もちろん」

　僕に向かって頷いて見せた。

「精神的なダメージは大きいでしょうが、それだけのためにこんなことをやるというのですか？」

「ですから」

　先輩が大きく頷いた。

「それだけではないという気もしています。決して表面に見えるものだけがあいつの目的や仕掛けじゃないと」

「それだけじゃないとは？　他にどんな目的があるとお前は踏んでるんだ」

　三坂さんが言う。

「今のところまったくわかりません。わからないから、春に協力してもらうんです。ひょっとしたら、あくまでも可能性ですけど、我々がこうして顔突き合わせて話をすることまで、こうして証拠である録音を聞かせることまで山森の計算の内かもしれないんです。そしてこれは暴言ですが許してくださいね。ここにいる蜷川刑事さえ山森の手の中の人間かもしれない。そういうところまであいつは手を打ってくる人間です」

三坂さんと村山さん、蜷川さんが同時に顔を顰めた。

「それはつまり」

蜷川さんだ。

「私がいるから、手稲署の管轄でこの事件を起こしたってことですか」

「そういうことです。あなたがここにこうしていることまで、山森は計算しているんです」

「すると」

三坂さんだ。

「その春くんが言っていたように、この場にいる俺と村山さえもお前とキュウは疑っているってことだな？」

「すみませんが、そういうことです。俺はこの〈山森〉が絡むであろう事件に関して味方だと信用し信頼できるのは、世界中で志村家の人間とキュウだけだと決めています。それ以外の人間は誰も信じません」

「だが」

三坂さんが先輩を睨《にら》みつけた。

「お前はこうして全部ぶちまけた。それもこれも、志村春という若者が〈天才〉であると信じているからか。彼のところにさえ行けば、俺たちが山森側の人間であったとしても、その事実さえひっくるめて、彼がなんとかしてくれると」

「その通りです。実際、これは春の指示によるものですからね」

「何？」

「え？」

三坂さんが驚いたけど僕も驚いた。

「そうなんですか？」

「そうなんだよ」

先輩が僕に向かって笑ってから、皆に向かって続けた。

「春は言っていたんですよ。もし、今度山森の仕業と思われる事件が俺たち二人の身に降りかかってきたのなら、これまでのことを何もかも全部仲間にぶちまけた方がいいと。その上で、勝負するとね」

「なるほど」

蜷川さんが、ポン、と手を打った。

「仮に向こうが十手先二十手先を考えてこの手を打ってきたんだとしても、こちら側ではそれを一度全部チャラにして最初からやりなおすって形ですね。それは凄い」

「その通りですよ蜷川さん。仮にこの段階で三坂さん、村山さん、そして蜷川さんの内の誰かが、あるいは三人ともが山森の手の者だったとしても、ここから先は山森の指図通りには動けない。何故なら、こうして刑事である俺が〈山森〉は犯罪者であると皆に断言しているからです。だから、少なくともお三方とも俺とキュウには〈刑事〉として接することしかできなくなるんですよ。それ以上表向きには、対外的にはハメられる心配はない。少しでもおかしな素振りを見せたら、俺がそこを突けるって寸法です。極端な話」

先輩が、眼を細めた。

「誰かがキュウを殺そうとしたら、俺が逆にそいつを殺せるってことです。刑事としてね」

「だけどねぇ、その伝で行くとだよ」

村山さんだ。

「これから根来もキュウも、春くんが指図するであろう、その山森に対抗する策を私たちにも言わなきゃならないってことになるよ？　そうすると、私たちに山森側の人間がいたのなら、作戦が全部向こうに筒抜けになっちまうってことじゃないかね」

先輩はにやりと笑った。

「大丈夫ですよ」

「どうしてだい」

「春は警察の人間じゃないですからね。俺たちを含め、全員を騙《だま》せばいいだけの話です。もし何か作戦を俺に指示してそれを皆に伝えたとしても、その全員を騙して、山森を陥れればいい。あいつにはそれを実行できる仲間もいます」

なるほど、って全員が頷いた。思わず僕も頷いてしまった。

「そういうことか」

三坂さんが言った。

「それによって逆に山森をハメるのか。俺たちの中に内通者がいたとしたなら、そして春くんに全面協力を申し出て何か指示が出たのならば、それを山森に伝えなきゃならなくなるってことだからな。そしてそれを聞かされた以上、山森は春くんのそれに対抗する策を講じなきゃならない。つまり、春くんが二重三重の予測をして立てた作戦に対抗するものを考えて動かざるを得ないわけだ。それはイコール、春くんによって踊らされるということ」

「つまり最初に、ふりだしに戻るってわけですね。結局のところ殺人事件がどうのこうのではなく、出し抜いた方が、勝ち。純然たる頭脳戦だ」

三坂さんに続けて蜷川さんが感心したように言う。

「その通りです」

先輩が、大きく頷いた。

「俺を信用してください。これは、単なる殺人事件というだけじゃない。札幌の、ひいては北海道に蔓延《はびこ》る闇《やみ》を含んだ大きなヤマなんです。下手したらここにいる全員がどっかの片田舎に飛ばされる可能性まである。それに対抗するには」

先輩が大きく息を吐いた。

「春の力を借りるしかないんです」

☆

そして、三坂さんは決めたんだ。

仲野久はしばらくの間、病欠。

表向きにはもちろん上層部にもそうしておく。病欠なんだから、そんなことで文句が出るはずもない。

被害者の夫であり事件の重要参考人である〈工藤隆則〉なる人物に仲野久が酷似していることは、それを知った人間の間に箝口令《かんこう》が敷かれた。

皆刑事なんだから一方的に口止めなんかできない。何らかの結論、つまり〈仲野久〉と〈工藤隆則〉が同一人物かまったくの別人であるかの明確な判断ができるまでは極秘事項とするってことで納得してもらった。もちろん、現場となった被害者の家の中で僕の指紋が発見されたこともだ。

そして、春くんに全てを話して動いてもらって、これが山森の策略なのだという決定的な証拠が出てきたのなら、初めて僕は刑事として現場に復帰できる。

それまでは、裏で動くんだ。春くんの指示を受けながら。

その中で、根来先輩との連絡は欠かさない。

もちろん、捜査本部は通常通りきっちりと捜査をする。〈工藤隆則〉なる人物は捜すし、何故奥さんが殺されなければならなかったのかも、怨恨《えんこん》や通り魔、あるいは強盗殺人の可能性も含めて、型通りの捜査をしていく。

　蜷川さんは僕たちに協力はしてくれるけれども、基本的にはお目付け役だ。先輩や僕が暴走したりしないようにきっちりと見張る。

「異例ではありますけれど、妥当な判断だと思いますよ。詳しい事情を知らない連中もそう思うでしょう」

　僕の隣で蜷川さんが言った。

「そもそも、警察官、刑事である仲野さんが他の職業を持って二重生活を送ること自体が困難であるんだから、何故そんな設定をしなければならないのか意味不明ですしね。なおかつ妻を殺すのに、日本においては警察官の象徴でもある拳銃をわざわざ使う理由もまったくわからないし、逃走もしないでその現場にのこのこ出ていくこともおかしい。およそ正常な判断のできる人間の仕業とは思えない。だから、今のところはうちの署の誰も仲野さんが〈工藤隆則〉と同一人物なんて思っていないですよ。まぁその可能性も確かにあるとは考えてはいますけどね」

「そうだといいんですけど」

「そうですよ」

　蜷川さんは微笑んで続けた。

「事情を知った私ももちろん、そうは思えません。もしこれが本当に〈工藤隆則〉なる人物が実は存在していなくて、その山森の策略だというならば、明らかに仲野さんはきれいにハメられたと思える状況です。ただし」

「ただし？」

にやりと笑った。全然刑事には見えなくてどこかの会計士さんみたいな雰囲気の蜷川さんは、そうやって笑うとちょっと怖いんだ。何を考えているのかよくわからないオーラを全身から漂わせる。

「さっきも話しましたが、何故山森なる人物が、こんな大事を起こしてまで仲野さんをハメなければならないのかその理由や背景が今のところまったく理解できない。それはきっと三坂さんも村山さんも同じでしょう。そして、このまま〈工藤隆則〉なる男が見つからないと、犯人は仲野さんであることを示す証拠が指紋、及び押収された拳銃が使用されたのではないか、という形で残っています。我々猟犬としてはあなたを狩る以外に道は残されていない」

溜息が出た。その通りなんだ。

指紋を調べるのと同時に使用された弾丸の旋条痕も調べられたけれど、データベースの中に一致するデータはなかった。もちろん僕が支給されて使用することができる拳銃から発射されたものではなかった。

でも、念のためにと過去に押収された拳銃を全部調べてみると、数日前に暴力団員から押収されたものが、何故か行方不明になっていた。どういう経緯かは今のところまったくわかっていない。

押収品の管理庫から押収品を盗み出すことが僕たちに可能かと問われれば、実は、可能なんだ。管理庫への入退出はコンピュータで管理されているわけじゃない。まったくの人対人、昔ながらの方法で管理されている。隙を狙って、もしくは押収品の再調査のときに入り込んでこっそり持ち出すことは、はっきり言って署内の人間なら誰でもできる。

「しかも」

先輩がハンドルを切って東屯田通りを右折しながら言う。

「表向き、可能性としてはキュウが何もかも、自分がハメられたと思わせるように画策して捜査を妨害、もしくは迷宮入りさせようとしてるっていう方向もあるってな。そう考えざるを得ない」

それも、その通り。

蜷川さんが頷いた。

「仮にそうだとすると、さらに何故そんなことを仲野さんがするのか、というのが、何というか、上乗せされてまるで魑魅魍魎《ちみもうりょう》に魅入られたかのように意味不明で本当に頭が混乱してきますね。山森という男に何か他の別の大きな目的があるんじゃないかっていうのは、確かに信憑性《しんぴょう》がありますね」

「そこなんだよ蜷川さん」

先輩が言う。

「志村家についてから、春に説明するときに詳しい話はするが、俺は山森がキュウを陥れようとしているのは、警察を全部巻き込むためじゃないかと思ってる」

「警察をですか？」

「そうじゃなきゃ、殺人事件を起こす意味がないだろう。いくら周到に準備をしたからって、山森が画策した以上殺人犯として、あるいは黒幕として逮捕される可能性はゼロじゃない。だから、あいつがそんなことをするってことは、まず〈警察が動く〉ことが、春を破滅に導く一歩だと考えているからじゃないかってな」

うーん、って蜷川さんが唸った。

「大それたことですね」

「まったくだ」

「でも」

蜷川さんが僕を見た。

「春くんというのは、そこまでしないとならないほどの大きなものを抱えているってことですね？　先程の話にあった先祖の記憶を抱えているというのも含めて」

「そうなのかもしれません」

僕にはまだ全然見えてこないけれども、ウィンドウの向こうには志村家が見えてきた。

「あの家ですか」

蜷川さんが僕に向かって訊いたので頷いた。古めかしい和洋折衷の趣ある建物。

「あれが、志村家です」

☆

蟾川さんという刑事も一緒に行く、と連絡しておいたせいなのか、春くんはいつもみたいに僕にじゃれてくることもなく、コタツの中に入ってノートパソコンで何かをしながら迎えてくれた。いつもの、まるで少年のようなあるいは少女のような笑顔で。

おケイさんはもちろんジャズバー〈ナイト&デイ〉に出ている。秋奈さんはまだ大学から戻ってきていなくて、夏美さんがコーヒーを淹《い》れてくれ、これもいつものように捜査関係の話をするんだろうからごゆっくり、と、自分の部屋に戻っていった。

「改めて、はじめまして。手稲署の蟾川です」

「志村春です」

蟾川さんに向かってにっこりと春くんは微笑む。秋奈さんか夏美さんか、どちらのお下がりかはわからないけれど相変わらずフェミニンなストライプの柔らかそうな淡いピンクのブラウスの下は赤いTシャツ。そしておでこにはアイマスク。今日は真っ赤でそこには少女マンガのような大きな眼がプリントされていた。

「それで？　キュウちゃんと康平《こうへい》ちゃんがしばらく家《うち》に住むって？」

にっこり嬉《うれ》しそうに微笑んで春くんが言う。

「そうなんだ」

「大歓迎だね」

「生憎《あいにく》と、私も一緒なのですが」

蜷川さんが言うと、春くんは大きく頷いた。

「同じく歓迎です。うちは昔からそういうことが多いから全然平気です。ゆっくりしていってください」

春くんは確かに変態の専門家で天才で規格外の人間だけど、傍若無人とか人前で奇行をするといったことはまったくない。こうして、目上の人にもきちんとした態度で接することができる。

「じゃあ」

春くんがノートパソコンをぱたんと閉じた。

「軽くしか聞いてないから、今回の事件の経緯、詳しく教えてよ。何がどうなってキュウちゃんがようやく僕のものになって一緒に住むのか」

「いや、そこは違うからね」

蜷川さんが春くんの冗談に眼を丸くしていたけど、そこはとりあえず無視する。後でゆっくり話せばいいだけだ。

「まず、春くんも知っている末田さんの自殺からなんだ」

末田則子さんの自殺の件から詳しく説明した。何がどう繋《つな》がるかまだわからないから、情報は全部春くんに渡しておく。そうしなければここに来た意味がないんだから。

末田さんにはリストカットの跡があったこと。

ひょっとしたら車関係の彼氏がいたかもしれないこと。

そして、〈工藤隆則〉なる人物の奥さんが銃弾を受けて死んでいたこと。

〈工藤隆則〉は僕に瓜二つの可能性が高いこと。

〈工藤隆則〉の家には何故か僕の指紋が残っていたこと。

〈工藤隆則〉はいまだに見つかっていないこと。

そして、自殺と殺人の二つの事件を繋ぐかもしれない要素として、〈工藤隆則〉も車関係の仕事をしていたかもしれないこと。

「なるほどぉ」

春くんが嬉しそうに微笑んだ。

「それで、キュウちゃんを家にか」

「そうなんだ」

結論として、僕を犯人と断定する前に〈工藤隆則〉さんが見つかるか、もしくは実在しないという証拠が出るまで僕は病欠扱い。かつ、この何ともいえない不可思議な事件を解決するために春くんの協力を仰ぐ形で、志村家に僕を軟禁しておくことに三坂さんが納得してくれたこと。そして、一緒に捜査をする手稲署の皆さんを納得させるために蜷川さんも一緒に行動すること。

春くんは、いつものように、眼の輝きが違っていた。何でもないときのまるで女の子のような柔らかくも可愛い雰囲気のそれじゃない。

事件のことを考えるときの春くんだった。

「そうかぁ」

聞き終えると、そう言って一度唇をまっすぐに引き結んでから、僕たちの顔を順番に見つめて、微笑んだ。

「また随分とややこしいことになっちゃったんだね」

「言うな」

先輩が顔を顰めて言う。

「結構なダメージを受けてるのがわかるだろ」

「その通りだね。これはキュウちゃん、もう年貢の納め時だね。この際だから刑事は辞めちゃってさ、このままここに住んじゃえば？　ご飯や家賃の心配はしなくていいから、ヒモみたいに楽に過ごせるよ」

「ええ?」

春くんが、にやりと笑う。

「まぁそれは冗談だけどさ」

「冗談は後にしてさ。まずはこれが山森の仕業であると断定しなきゃいけないんだけど、できるかい?」

訊いたら春くんは首をかくん、と九十度横に倒した。春くんの思考するときの癖だ。蜷川さんがまた驚いて眼を丸くしている。僕も初めて見たときには人間の首はこんなにも曲がるのかって驚いた。

そのまま春くんが眼を閉じたので、僕と先輩は黙って待った。蜷川さんが僕と先輩の様子を見ている。

「待ちましょう。こいつの沈思黙考するときの癖なんですよ」

「なるほど」

でも、そんなに待たなかった。すぐに春くんは眼を開けて頭を元に戻して、コーヒーを一口飲んだ。

「わかってると思うけど、断定はできない。できたらその場で山森を逮捕に向かえるってことだからね。無理だね」

「だろうな」

「でも、明らかにハメられたっていうのは証明できるよね。だから、キュウちゃんは犯人じゃないよ」

「え？」

思わず先輩も蜷川さんも身を乗り出してしまった。

「どうしてわかるの？」

訊いたら、春くんは肩を竦めた。

「簡単だよ。だってドッペルゲンガー、即ち〈工藤隆則〉さんは言ってたんでしょ？　キュウちゃんに間違えられるって。地下鉄の中で会ったキュウちゃんのそっくりさんは『たぶん、人違いです。僕は仲野久さんじゃありません』って言ったんでしょ？　何回も間違えられているんだって。それなのに、キュウちゃんは今まで一度も〈工藤隆則〉さんに間違えられてはいない」

「あ」

気づかなかった。

その通りだ。

「同じ札幌に住んでいて向こうはキュウちゃんの知人に短期間に何人も接触して、しかもキュウちゃんの名前まで知っていたのに、キュウちゃんは〈工藤隆則〉さんの知人に一切接触していない。名前も知らなかった。そもそもキュウちゃんは外を出歩くのが商売みたいな職業なのに、だよ。人に話を聞いて回るのが日常なのに一度もそんなことはなかった。それはつまり〈工藤隆則〉と名乗る人物がこの札幌には存在していないってことだよ」

「いや、だが春。キュウのドッペルゲンガーがイコール〈工藤隆則〉という証明はされていないぞ？　それにいくら同じ市内とはいっても一九〇万都市なんだから今まで一度も会わなくたって、それはあたりまえというレベルだ」

「そうだね。僕たちもどんなに市内を歩き回ったって、たとえば同級生にばったり会うなんてのは、生活圏が同じじゃなかったら稀《まれ》だよね。でも、それなのに、ドッペルゲンガーは何度もキュウちゃんの知人に会っているんだ。おかしいでしょ？　キュウちゃんはそのドッペルゲンガーに名前を教えたっていう知人から連絡があった？」

「ない」

そうだ。なかった。

「会って人違いだってわかってさ、『いや実は僕の仲野久っていう友達にそっくりなんですよ』なんて話をしたとするよね？　名前を教えるってことはそれなりに長い時間話し込んだってことだよ。だったらさ、普通はそれをキュウちゃんに教えてくるよね？　友達なんだからさ。それも、ない。おかしいよね？　ドッペルゲンガーの目撃情報のときの奴はいつもスーツ姿だよ。つまり、大人になってキュウちゃんが刑事になっているのを知っている人にしか会っていない。すぐに連絡があって然《しか》るべきなのに、ないんだ」

先輩が唸った。

「確かにそうだな」

「これはつまり〈仕組んだ〉証拠なんだよ。それにここに至ってキュウちゃんのドッペルゲンガーはこの事件にまったく無関係なんてのは論外だよ。どう考えてもドッペルゲンガーは、殺人事件を起こす前の仕込みの段階で登場しているんだ。その証拠に、それだけ似ているんだったらもっと前から目撃情報があって然るべきなのに、いきなり登場しているんだからね」

「確かに、言われてみればそうですね」

蜷川さんが頷いた。

「直接的な証拠にはならなくても、仲野さんがハメられたんだという、充分に有力な状況証拠のひとつにはなりますよ」

「でしょ？　ほらこれでまずはキュウちゃんが犯人である、という疑いは充分に晴れたでしょ？　もちろん、可能性の話をするならキュウちゃん自身がわざとそう仕込んだんだっていうのもあるにはあるけど、そんなふうに考える刑事さんはいくらなんでもいないでしょ。パーセンテージが低過ぎる」

「それもそうですね。こうしてあなたを中心にして動くのなら、それはもう口にしなくてもいい」

そうですよね、って春くんは蜷川さんを見てにっこり笑った。さっきから観察していたんだけど、蜷川さんはこの春くんの二十歳過ぎの青年とは思えないまるで少女のような可愛さに接してもまったく動揺の欠片《かけら》も見せていない。さすがベテランの刑事さんと見るべきかな。

「よし」

先輩が頷いた。

「その話はすぐ三坂さんに上げる。それでキュウの軟禁はさっそく解けるな」

「そうとも限らないよ康平ちゃん」

「何故だ」

うん、って頷いて、春くんは右手の人差し指を上げて、くるんと回した。

「〈工藤隆則〉さんは実在しない。間違いなく偽名だよね。そして〈工藤隆則〉さんに仕立て上げられた男は、もうこの世のどこにも存在していないよ。だから、結論として警察は〈工藤隆則〉はイコール〈仲野久〉として、二重生活の果てに妻を殺した男として逮捕するしかない状況に追い込まれちゃうんだ。警察はいい恥さらしになっちゃうね。そんな男を道警本部の一線級の刑事として使っていたんだから」

「そんな」

春くんが、さらに右手の人差し指をくるくる回した。

「この殺人事件が起きてしまったところで、もう第一ラウンドでの警察の負けは決まっていたんだよ。〈工藤隆則〉を演じたキュウちゃんに瓜二つの男は、もう石狩《いしかり》か小樽かひょっとしたら稚内《わっかない》まで連れていかれてどこかの海の底に沈んでいるよ。見つかりっこない。〈工藤隆則〉が仕事をしていたと思われる車関係の会社を見つけたとしても、そこの関係者はキュウちゃんが〈工藤隆則〉だと証言するに決まってる。そして彼の身内は一切見つからない。そもそも戸籍さえない。偽名なんだからね。北海道の人間とも限らない」

先輩が煙草に火を点けて、煙を大きく吐き出した。蜷川さんが、思いっきり顰め面をした。それは、蜷川さんも車の中で話していたことだ。

「今話したみたいに、いくらキュウちゃんがハメられたんだという状況証拠はあったとしても、警察はどこかで結論を出さなきゃならない。指紋まで出ているキュウちゃんを無罪放免にできるはずもない。でも、ハメられたとわかっているんだから捜査は続けなきゃならない。警察が悪あがきをするには、『〈仲野久〉に背格好や顔や年齢が似ていてかつ行方不明になっている男を日本中から捜す』ことと、『〈仲野久〉に似せるために整形手術をしたかもしれない医者を日本中から捜す』ことの二点しかない。これは相当時間が掛かるよね」

「消耗戦まで狙っていたってことですか」

蜷川さんだ。

「その通りですね。そのうちに警察内部にいる誰かさんが、警察の恥を晒《さら》す覚悟でキュウちゃんが犯人でいいじゃないかって言い出す。たぶん、末田則子さんの自殺に関してもこの後に重要な証言がどこかから出てくると思うよ。自殺に追い込んだのはキュウちゃんだってさ。それも、〈工藤隆則〉なる人物を騙《かた》ったキュウちゃんの第二の人格の姿を借りて。そうじゃなきゃ、末田則子さんの彼氏かもしれない男の仕事が車関係だったなんて出来過ぎだよね」

「やっぱり、そこも」

春くんは、情けなさそうな顔をして僕を見た。

「可哀想だよねキュウちゃん。そこまで追い詰められることになったらさ。でも、大丈夫」

「どう大丈夫なんだ」

先輩が訊いた。

「だって、僕たちには〈工藤隆則〉がどういう人物であったのかを追うための手段があるでしょ?」

「追う手段?」

〈工藤隆則〉がどういう人物であったか?

「そうか」

「そうだよキュウちゃん。これは山森の仕業なんだ。それは間違いない。あいつ以外にキュウちゃんをハメようとする奴なんかいない。だとしたら、〈工藤隆則〉なる人物の正体は本物の〈変態〉なんだよ。山森の顧客に違いない。だって自分の顔形を消してキュウちゃんのそっくりさんとして動いていたんだよ？　自分の人生を消して生きていたんだ。それだけのことを、自分の身元を消してまで山森に協力するなんてのは、よっぽどの大きな動機が必要になるんだ」

「それは、自分の人生を変えた方が都合が良いほどのものってことだね」

「そういうこと。だったら、簡単。変態を捜すには変態の協力を仰げばいいんだ。こっちにも手駒がいるよね。人脈も頭脳も信用もある北道大学名誉教授の坂城常郎《つねお》さんとか、あるいは、山森を欺くほどに大胆なことができる女子高生、大磯奈々《おおいそなな》ちゃんとかがね」

奈々ちゃん。

5

「もちろん」

春くんは右手の人差し指を立てて微笑んだ。

「彼らを動かすのは十二分に山森の動きを想定してからの話になるけどね。果たして〈工藤隆則〉なる人物を捜すことが最優先なのかどうか。山森は一体何を狙ってキュウちゃんをハメたのか、それがまだ何にもわかっていないからそこを見極めなきゃならない」

うん、と、頷《うなず》いて少しだけ顔を顰《しか》めて続けた。

「難問だなぁ」

難問だ、って言いながらどこか嬉《うれ》しそうにしているのは、絶対に春くんは山森との対決をどこか楽しんでいるんだと思う。楽しみにしているっていうのは冗談でも何でもなく、本人が言っていたように山森と春くんはある意味では似ているんだ。世間の常識から外れた、凄《すご》い感覚の持ち主という意味合いでも。思いっきり不謹慎な言い方ではあるけれど、好敵手と思っているんじゃないだろうか。

そして、春くんがそう言うからには、今回の山森の狙いは本当にまだ何にも推測できていないんだろう。材料が少な過ぎるのか。

蜷川さんは、小さく咳《せき》払いした。

「春くん」

「はい」

「その〈山森クラブ〉でしたか？　この札幌で暗躍するという〈秘密の変態クラブ〉ですが、春くんの中ではほぼその全容が解明できているように思いました。根来刑事や仲野刑事の話からもそれが窺《うかが》えますが、どういうものなのか直接私にも聞かせていただけますか？　これからはチームとして動くのですから、お互いに認識を同一にしておかないと不都合が生じます」

蜷川さんが言う。春くんがまだ二十一歳でこんな可愛らしい男の子だって知っても、丁寧な口調や態度に変わりない。この人は優秀な刑事なんだろうなって思う。それと同時にコワイ刑事だ。先輩もよく言ってる。自分を律することのできる刑事は、同時に律しないことも簡単にできるんだって。つまり、変な言い方だけど、簡単に悪事に手を染めることもできる。闇《やみ》に落ちてしまう刑事は大抵の場合優秀な人なんだ。

春くんが一瞬眼を丸くしてから、にっこり笑った。

「その通りですね蜷川刑事」

それから、うーん、と一度唸《うな》ってから腕を組んで天井を見上げて何かを考えていた。随分と考えているので、蜷川刑事が、では、と、訊いた。

「単純に言うと、〈顧客の変態性欲を満たすための大掛かりな売春組織〉でいいのでしょうか？　それならば当然ですが我々第一課の範疇《はんちゅう》ではないのですが。もちろん」

僕と根来先輩を見た。

「殺人をも犯しているようですからその点では捜査第一課の領分なのですが」

「蜷川刑事」

春くんがゆっくりとそう呼んだ。

「はい」

「〈大掛かりな売春組織〉を潰《つぶ》そうとしたらどうします？」

「それはもちろん、売春の現場と金の流れを摑《つか》んで組織のトップを逮捕しますね」

「そこから芋づる式に組織の実動部隊、そして実際に売春をした者、買った者をも摘発していきますね？」

春くんはニコニコしながら蜷川さんに言う。

「その通りです。現実には最初に現場を押さえられるのは大抵末端の、実際に金を払って変態行為をしている人間ですがね。そこからトップを辿《たど》っていく形になりますが」

「では、その末端の人間が総理大臣だったらどうします？」

蜷川さんの喉《のど》の奥で音が鳴った気がした。

「そういうことなんですよ山森の組織っていうのは。末端の、つまり〈実際に変態行為を行っている人間が社会のトップクラスの人間〉なんですよ。そして組織のトップにいる人間が〈市井の善良な市民という存在の山森晴行〉なんです。さらに、その一般市民である〈山森晴行〉はこの北海道開拓以来、政財界の中枢にいた人間の百数十年に亘《わた》る〈変態行為のデータベース〉を持っているんです。もちろんその中には北海道だけじゃなく中央の人間のものも入っているでしょうね。つまり、山森を逮捕するためには？」

蜷川さんの表情が曇った。

「喩《たと》えるならば、いちばん高度で堅牢さを誇るセキュリティをいちばん初めに突破しなければ、山森には辿り着けないということですね」

「そうなんです。あいつはね、まさに〈スキャンダルという名の最強の盾と矛〉を持っているんですよ。たとえば〈現職のなんとか大臣のお父さんで官僚だった人物が、実は四十年も前に札幌で中学生の男の子を抱いていた〉なんていう事実があったら、その現職の大臣は、蜷川さんが山森に手を出そうとしたらどうします？」

蜷川さんが、溜息《ためいき》をついた。

「私など、あっという間にどこかに飛ばされるでしょうね」

「ちょっと待て春」

先輩が煙草に火を点《つ》けてから言った。

「今お前、〈現職のなんとか大臣のお父さんで官僚だった人物が、実は四十年も前に札幌で中学生の男の子を抱いていた〉なんて妙にリアリティのある例を挙げたな。それは口からでまかせなのか？　それとも」

「さすが康平ちゃん」

春くんが嬉しそうに言った。

「つきあい長いからわかっちゃうか」

「まさか、春くん。それは事実なの？」

思わず訊《き》いたら、頷いた。

「事実だよ。山森の持っている〈政財界の中枢にいた人間の百数十年に亘る変態行為のデータベース〉の中にあるもののひとつだね」

思わず身体が動いて前のめりになってしまった。先輩も蜷川さんもだ。

「どうして知ってるの?!」

「そんな驚くことじゃないよキュウちゃん。まだ注意力が足りないね。僕たちは三人ともあのときにものすごく近くまで辿り着いたよね？〈政財界の中枢にいた人間の百数十年に亘る変態行為のデータベース〉に」

「え？」

あのとき？　先輩が、ポン、と手を打った。

「北道大の爆破予告事件か」

「そうだよ康平ちゃん。あのとき、不審物というより何だかはっきりしない書類や物が一堂に集められて、その整理は教授連や職員や選抜された学生たちでやっていたよね？　警察の人はほとんど整理していない。っていうかわからないからできなかった。選抜された学生の中には当然のように？」

「山森も、春くんもいたよね」

二人は、北道大学の優秀な学生同士でもある。

「そう。そして僕はあのとき、資料を整理するふりをしながら、こっそり〈山森クラブ〉に関する書類のようなものがないかどうか探していたんだ」

「そうだったの？」

「当然だよ。ただ〈山森クラブ〉のアジトであろう場所をめちゃくちゃにして活動を一時停滞させるためだけにあんな大騒ぎさせたと思った？　あのときは北道大学の普段はまったく人が入らないような古い建物や場所も全部捜索されたんだ。その結果、大学の職員ですら知らない部屋まで発見されていたよね。その中に〈山森クラブ〉に関するものがあったとしても全然おかしくない」

「〈山森クラブ〉のアジトが、活動拠点が北道大学にあったというのはもう確実な話なのですね？」

蜷川さんが訊いた。

「確実ですね。アジトというより〈代表者〉の、つまり山森の外出先の拠点が北道大学だったし、何よりも僕たちが〈山森クラブ〉と呼んでいる〈変態性欲者たちを満足させる会〉の発祥がそこだったんだからね」

「それは、あなたの〈記憶〉にあるのですね？　四代前からの記憶をそのまま思い出せるという特異体質」

そうですよ、と、春くんは頷いた。

「そこは、間違いないです。もちろん当時は今のようなシステムになっていなかったですけどね。〈山森クラブ〉として形が成ったのはコンピュータとネットが発達してから、つまり山森が主宰になってからでしょう」

「つまり、ここ最近の状況は何もかもデジタルデータとして記録されているだろうが、昔のものに関しては文書の形で残っていると」

先輩が言った。

「その通り。昔の文書も何もかもデータとして取り込んでいるとしても、現物は残しておくもんだよ。ましてや拠点となるのが開拓以来残る古めかしい建物の中だ。脅迫する相手にリアリティを持ってもらうためにも小道具として必要だからね」

「脅迫していたのですか？　山森は、その、政財界の重要な人物たちを」

「必要とあらばね。もちろんこれも推測にしか過ぎないけれど。さらに言えば脅迫ではなくギブアンドテイクだろうね。人間はね、特に何かしらの〈地位〉を手にいれた男はね、蜷川さん」

「はい」

春くんが、にやりと笑った。

「どんなに清廉潔白な人物であろうと、ある種の〈全能感〉というものを感じてしまうんですよ。何をしても大丈夫なんじゃないかって思ってしまう瞬間をね。そこを山森は突くんでしょう。過去においてもこれだけの実績があるから何の問題もないってね。〈政財界の中枢にいた人間の百数十年に亘る変態行為のデータベース〉は〈脅迫の材料〉ではなく、〈信頼の証し〉に変わってしまうんですよ。実際、僕が知ってるある清廉潔白な大学教授もそれで山森にハメられてますから」

坂城教授のことだ。蜷川さんの表情が少し変わった。まだ会ったばかりでこの人のことはよく知らないけれども、この雰囲気はよく知っている。

現場の刑事が、本気になった様子だ。スイッチが入る、というやつだ。

「よく、わかりました」

そう言って根来先輩を見た。

「切れ者と評判の根来刑事が今の今まで何もできなかったのも十二分に理解できました」

先輩が肩を竦《すく》めて見せた。

「何よりです。それで？　春。お前はそのデータベースとやらを手に入れたのか？」

「まさか」

春くんが笑った。

「そんなの易々と山森がさせるわけないでしょう。僕が見たのは古い黒の紐綴《ひもと》じの書類のごく一部。それも、たぶん山森の手先の人間が隠そうとしていたのを、ぶつかってさ、あ！ごめんね！　って拾うふりして一瞬見ただけのもの。ガードは堅いよ」

「その一瞬で覚えたのですね？」

蜷川さんが訊いたら春くんは頷いた。

「聞いてると思うけど、僕は見たものなら瞬時に映像として記憶できます。その記憶は絶対に消えない。後からいくらでも精査できる。言ったように四十年前、正確には四十一年前の七月の記録の一部でそこしか記憶できなかった。その官僚のおっさんの名前も抱かれた中学生の名前もわかるけれど、まぁそれはいつでも教えられるから今はいいよね。でも、それではっきりとわかった。〈山森クラブ〉というものが開拓の昔から存在していることをね」

「では、その記録を押さえれば証拠としては」

「充分だけど、捜索令状なんか取れる？」

蜷川さんが、渋面を作った。

「確かに、難しいですね」

そう、難しいんだ。はっきり言って僕たちにはどうがんばっても無理なんだ。

「仮に山森が殺人を犯したとしよう。それで家宅捜索の令状が出たとしよう。でも、大学の捜索などできない。できたとしてもせいぜい山森が出入りしているゼミとか研究室とかそこどまりだろうね。その他の場所を捜索することなどできない」

「山森が何十人も殺して、その現場が北道大学だったら別だがな」

「その通りだね康平ちゃん。だから、あのときは爆破騒ぎを起こして大学全部を捜索するようにしたんだ。でも、一度やっちゃったから山森も今度は〈捜索されても見つからないように〉隠したはずだよ。それを見つけるのは至難の業かもしれないね」

「どこかに移動させたりは」

蜷川さんが言った。

「それはないですよ」

「何故ですか？」

「さっきも言ったけど、その場所と歴史は〈山森クラブ〉のアイデンティティなんですよ。そこを失うわけにはいかない。仮にこれが札幌のどこかの高級マンションの一室にアジトがある、なんてなったらそれはもう単なる〈高級変態売春クラブ〉になってしまう」

「ランクが下がるんだな？」

先輩が言った。

「その通り。そしてその程度のランクの組織なんて山ほどあるし、頭の良いトップクラスの人間などは近づきもしない。だから山森は決して〈山森クラブ〉の根っこを北道大学から動かそうとはしませんよ」

コーヒーを落とすね、と言いながら春くんは立ち上がった。

「飲むでしょ？　どうせ今夜は何にも起こらないから、できるだけ山森の狙いを検討しなきゃね。長い夜になりそう」

「どうして何にも起こらないの？」

手伝おうと思って僕も立ち上がりながら春くんに訊いた。春くんが動くとあの甘い匂いがする。前に訊いたけどそれはきっと姉シャンだよって笑っていた。つまり、秋奈さんと夏美さんが使っているシャンプーの香りだと。

「だって、こうやってキュウちゃんと康平ちゃん、そして新たに蜷川さんまで僕のところに来ているんだからね。僕がどう動くかを見定めてから行動を起こすでしょ山森は」

「それはつまり」

居間のコタツから先輩が少し声を大きくして、台所にいる僕と春くんに言った。

「既にこの会合も山森に知られているということか？」

「だって、キュウちゃんが病気で休むのはもう報告されているんでしょ？　だったら警察にいる山森の仲間から伝わっているよ」

「そして、僕がここにいるのはもう明々白々」

「だね。警察車両で来てるんだし。監視していなくたってちょっとその辺から確かめれば済むこと」

コーヒーマシンに豆と水をセットして戻ってきた。

「それと、私が山森のスパイでこの会話は携帯で向こうに筒抜けとかですね」

蜷川さんがにやりと笑いながら言うと、春くんもコタツに戻りながら頷いた。

「そうですね。もちろんここまでの会話は聞かれてたってどうってことないですけどね」

ね、と、語尾に何か含めて春くんは蜷川さんを見た。蜷川さんもその通りですねって言ってから、内ポケットに入っていた携帯を出してコタツの上に置いた。それから、警察手帳やハンカチやあれやこれやポケットに入っているものを出した。

「これで全部ですよ。何でしたら仲野刑事、身体検査を」

「いやそれは」

慌てて手を振った。

「やっておけキュウ。それで蜷川さんも安心するんだから」

「その通りです」

頷いて立ち上がったので、恐縮しながら身体を全部調べた。コタツの上に出した物以外は何も身体に身に付けていない。ついでにスーツのボタンやそういうものも調べた。今はどんなものがマイクや発信機になっているかわかったもんじゃない。

調べているうちにコーヒーが落ちたので、そのまま台所に行ってポットを持ってきて、皆のカップに入れて回る。

「これで安心でしょう。それでは、どう動きますか？」

蜷川さんが春くんに訊いた。

「いや、その前に。済みませんね蜷川さん。春よ」

「なに？」

「そもそも何故キュウだったんだと思う？　どうして山森は俺や、直接春を狙わずにキュウを犯人に仕立て上げようとした？　そこのところが出発点だと思うし、いちばん理解できないところなんだが」

そんなこともわからないの？　って春くんは笑った。

「顔だよ」

「顔か」

「康平ちゃんや僕みたいないい男や可愛い男は、なかなかいないでしょ？　っていうか見つからないよ。でも、キュウちゃん程度ならこの世にごろごろしてるし、そもそもキュウちゃんの顔立ちってそこら辺でふらふらしてる地味目な男性をちょっと整形すれば本人そっくりになるんだよ。蜷川さんもそう思うでしょ？　キュウちゃんと初めて会ったときに友達の誰かにちょっと似てるな、とか思わなかった？」

蜷川さんが苦笑いしながら、うん、って頷いた。

「笑ってしまって申し訳ないですね。そういう意識はしてませんでしたが、確かにそう言われればそうです。仲野刑事の顔立ちは、眼と鼻と口をちょっと変えたら誰にでも似てきそうですよ」

「それは、褒められてるんでしょうか、貶《けな》されてるんでしょうか」

「親しみやすいって褒めてるんだよ。だからこそ簡単に似せることができるんだ」

「そこが山森の出発点だったのか？　似た男を作りやすいってのが。それでまずはキュウをターゲットにして何かを仕掛けようと」

先輩に向かって、春くんが首を横に振った。

「警察の人の悪い癖だよね。どうしても捜査方針を決めるときに、〈何故こんな犯罪を思いついたのか？　きっかけや動機は何か？〉って考えちゃう。キュウちゃんのそっくりさんを出発点って考えると、もうそこで山森の狙いにハマってそのままあいつの作った迷路に飛び込んでいっちゃうよ」

「どういう意味だ」

春くんが、うん、って頷いた。

「ちょっと、移動しようか。僕の部屋に。あ、コーヒーはそのまま各自持ってきてね」

「春くんの部屋？」

にっこり笑った。

「そこの方がいろいろ話しやすいんだ。わかりやすい資料もあるしね」

考えてみると僕はもう何度も何十回も志村家に来ているけれど、春くんの部屋に入ったことはない。

☆

「先輩は入ったことあるんですか」

「俺もないいな。そもそも部屋に行く用事もないだろう」

それはそうだ。

「まぁ僕の部屋って言っても、この家には三つあるんだけどね」

二階への階段を上がりながら春くんが言う。

「三つもあるんだ」

志村家の広さは知っているからそれぐらいでは驚かないけれど。階段を上り切ってもそこに長いよく磨かれた木の廊下が続く。奥へ奥へと春くんは歩いていって、角を曲がったところの正面にこれも何十年も経っていい色合いになった木の扉がある。

「ひとつはいつも普通に毎日使っている寝室兼勉強部屋。もうひとつは資料室。そしてもうひとつがここ」

そう言って、春くんが扉を開ける。

「どうぞ。僕のプレイルーム」

「プレイルーム？」

入った途端に、「わ」と、思わず小さく声を上げてしまった。それは先輩も蜷川さんも同じだった。口を開けて部屋全体を見回している。

「これはまた何と」

蜷川さんが感嘆の声を上げた。

「すごい部屋ですね。まるで国際犯罪を取り扱う司令室だ」

その通り。そう感じさせたのは壁一面に貼られた地図だ。

部屋自体はごく普通の和室だ。畳敷きの部屋。欄間があって天井は羽目板だ。普通と言っても志村家の場合は造り自体が昔ながらの素晴らしい造りであるわけなんだけれど。一見したところ変わっているのは、窓が小さいってことだ。そして少ない。小さな出窓がひとつあるきりで、後は壁だ。

広さは、確実に二十畳、いや三十畳はあると思う。壁に貼られた地図も世界地図だったり北海道の地図だったりどこかの都市の地図だったり、あれは東京かどこかの地下鉄の路線図だろうか。とにかくその手のものが所狭しと貼られている。その他に何かわからないメモやら書類やらも多数乱雑に貼られまくっている。写真も多く貼られている。どこの誰かはわからないけど、少なくとも有名人ではない。普通の一般市民のようだけど、老若男女様々な人たちの顔写真やスナップ写真、ポラロイドも普通のプリントもある。学校の教室にあるような黒板もある。そこにはチョークでいろんなことが書かれている。山森の名前もあった。

真ん中にはプレイルームの名前に相応《ふさわ》しくビリヤード台が置かれている。ただしその上にはいろんな本や雑誌の類《たぐ》いにパソコンやプリンター、その他のデジタル機材。中には僕には一体なんの機械かわからないものもある。コード類がたくさん延びているけれど、それらが引っ掛からないようにちゃんと結束されたり整理されてるのは、春くんらしいと思う。その他にはいろんなものが書いてある大きなホワイトボードが三台、大きな革のソファにカップボード、椅子、テーブル、お茶やコーヒーなんかの茶器が置いてあるワゴン。とにかくいろんなものが雑然と置かれている。

「ここはその昔は座敷牢《ろう》に使われていたんだ」

「座敷牢？」

「そう。ちょうどその窓のある一角に太い角材で組まれた牢があってね。まぁおイタをした連中を閉じこめておいたんだよ。反省室だね。今はこの通り取り外しちゃったけど、ほら、そこに柱の跡があるでしょ」

確かにあった。太い角材がそこにあったと思われる跡。

「どうしてそんなものが、座敷牢なんかがあったの」

「言ってなかったっけ？　だって、志村家はそもそもが開拓の頃に時の政府からある依頼を受けて、まぁはっきりは言えないけど何かを取り締まったり何かを守ったりする立場にいたからね」

「そうなの？」

春くんが笑った。

「そうでなきゃ、あんな秘密の部屋にいろんな武器があるはずないでしょう」

そうだった。志村家の秘密の部屋にある様々な銃器。そう言えばそのことはまだ蜷川さんには言ってないけど、特に無反応だったからスルーしておく。後で何か訊かれたら教えてあげればいいだけの話だ。

「じゃあ、まずはこれを見てもらおうかな」

春くんが歩いて右側の壁の前まで行った。

「その辺の椅子を引っ張ってきて座ってもいいよ。これは見た通り札幌市内及びその周辺地域の地図」

そこらにあったらしいシルバーのポインターをすっ、と伸ばして、パン！　と春くんは壁を叩《たた》いた。その仕草がどこかの講師みたいだ。

確かに、相当に大きな札幌市内の地図が貼ってある。細かい建物までがわかるような地図。そして、かなりいろんな書き込みがある。近くに寄って見ないと何が書いてあるのかはわからないけれど。

「これに、これを重ねてみよう」

言いながらポインターで地図の上部、かなり長い円筒に付いていた青いボタンを突くと、その円筒の中で丸まっていたんだろう、シートのようなものがするすると下りてきた。これは、半透明のシートだ。トレーシングペーパーの大きなものか。あちこちに赤い丸が書かれている。それが地図とぴったり重なる。

「康平ちゃん、これが何かわかる？」

先輩が近くに寄って見た。

「この赤い丸と、地図の建物が重なっているな。さしずめ、何かの不動産関係に印を付けたものか？」

「さすが康平ちゃん、眼の付け所が違う。その通りで、これは雁在《がんざい》不動産が所有しているビルや建物のほんの一部。そして、この赤い丸は全部山森が関係していると思われる建物だよ」

「山森が？」

先輩が顔を顰めた。蜷川さんも眼を細めた。

「関係しているっていうのは、ひょっとして」

僕も前に出て確かめた。

「ここは、以前山森と会ったカフェがあったビルだよね？」

中心街だ。そこから大通公園もテレビ塔も見える。あの奈々ちゃんの事件のときに山森と対峙した、普段はカフェになっているところ。

「その通り」

「雁在不動産と言えば、札幌でもいちばんの古株の不動産屋ですね」

「そうですよ蜷川さん。雁在不動産の歴史はこの北海道と同じぐらい古い。開拓の頃に一旗揚げようとこの地にやってきた開拓民の一人が立ち上げた会社で、今ではホテル経営や観光業にも進出しているグループ企業」

「そこも〈山森クラブ〉に関係しているっていうのか？」

先輩が苦々しげに言った。

「僕の調べではね。この赤丸のついた建物には変態趣味の方々のニーズを満たすための部屋や施設がある。その数はここに書いてあるだけで十三ヶ所。あ、この間の店は山森が腹いせに潰しただろうから十二ヶ所かな。最新の情報からは二ヶ月ぐらい過ぎてるから、それからまた増えたり減ったりはしているかもしれないけど」

「それは、春くんが全部調べたと言うのですか？」

蜷川さんが驚いたように言う。

「もちろん、僕一人の力じゃないんですけどね。康平ちゃんからその辺のことは聞いてないかな？」

「そこは、はしょったな。お前には様々な情報を得るためのネットワークが三種類あるって話だろ？」

「そうそう。それ」

頷きながら春くんが蜷川さんに言う。

「僕には〈コンピュータネットワーク〉と〈井戸端会議〉と、そして〈ネズミ〉って呼んでるネットワークの三種類の情報収集ツールがあるんですよ。もちろん、これは犯罪を遂行するためのものじゃないですよ？　あくまでも僕の個人的な趣味である〈人間のドラマ〉を求めてのものです。〈ドラマでわき起こる人間の感情〉というものをとことん知りたい、突き詰めたいっていうのが、僕の人生そのものなんですよ蜷川刑事。たとえばあなたは」

春くんはそこで、済まなそうな顔をした。

「話題にしてしまって申し訳ないですけれど、お子さんを事故で亡くしていますね？」

思わず蜷川さんを見つめてしまった。蜷川さんは一瞬驚いた顔をしたけれど、すぐに頷いた。

「そうです。十年程前にです。もちろん隠しているわけでもない誰でも知り得る事実ですが、しかし何故？　どうして知っているんですか。いつの間に調べたんですか」

春くんが、ゆっくり頷いた。

「実は、手稲署の蜷川という刑事がお子さんを亡くしていたという事実を、僕は知っていたんです。随分以前から」

「それは」

そう言って蜷川さんが少し首を傾げた。

「〈人間のドラマ〉というものをいつも求めている結果ですか。刑事の息子が飲酒運転が原因の事故で死んだ、という事実は新聞記事にもなっていますから知るのは簡単です。その事実によって起こる何かを、人間関係のドラマのようなものに興味があり調べたことがあった、ということですか」

「そうです。ごめんなさい。僕のことを知らない人にとってはただの野次馬じゃないかって思われるでしょうけど」

「いや」

蜷川さんが小さく頷いた。

「それは、理解できました。そして十年も前のことをしっかり覚えている、と。ひょっとしたら私の個人的なデータベースもそのときに調べ上げて今も覚えているのですね？」

「その通りです」

「だからですね？」

感心したように蜷川さんは言った。

「突然やってきた私に対しても春くんは一切警戒心を見せなかった。根来刑事でさえひょっとしたら私が山森の手の者かもしれないという疑念は隠していなかったのに」

「そうです」

春くんはにっこり笑う。

「少なくとも僕が調べた限りでは、あなたと山森の接点は一切ない」

「ってことはあれか春」

先輩が言う。

「お前は蜷川さんのことをずっと見ていたわけか。研究材料として」

「そんなふうに言っちゃうとちょっと困るけどね。まぁ事実そうなんだけどさ。一度調べ始めた人のことを僕はずっと見ているよ。蜷川刑事だけじゃない。他にもそんな人は大勢いる。そこに貼ってある写真の人物たちもその一部だね」

「その人たちの」

蜷川さんだ。

「個人的なことも、その頭の中に何もかも全部入っているのですね？　そしてそれは決して忘れることはないし、いつでもどんな情報でも知っていることは全て瞬時に引き出せる。だから私のことも」

「その通りです。山森を追うにはうってつけの人物だって言った康平ちゃんの言葉に嘘はないでしょ？」

そう言って春くんはにっこり笑う。まるで天使のような微笑みだ。この顔でこの笑みを見せられて頼まれたら、どんなに気難しい婦人警官でも違反切符を破いて捨てると思う。それぐらいの破壊力があるんだ。

「それで、話を戻していい？」

「いいぞ」

春くんがまたポインターで地図を叩いた。

「これらの情報は主に〈ネズミ〉を使ったりして調べたんだけど、ほぼ、割合で言うと九割は間違いないと思う。雁在不動産がどうして山森に協力しているのかはまだ確認してないからわからないけれど、理由はほぼ確実だよね」

「雁在不動産の上の方の誰かさん、ひょっとしたら創業者からしてが〈変態さん〉なんだろうさ」

先輩が憎々しげに言う。

「そうなんだろうね。抜き差しならない関係があるんだろうと思うけれど、それだけじゃないと思うよ。もちろんこの施設を使うことによって雁在不動産に利益ももたらしている。賃貸料や家賃を払っているんだよね。たぶん、普通よりも相当高い賃貸料をさ。そして何よりも政財界に強いパイプを持っている山森だから、雁在不動産にいろいろと便宜も図れる」

「なるほど」

蜷川さんだ。

「〈山森クラブ〉の会員たちは、ただそれぞれ勝手に〈変態行為〉を楽しんでいるだけじゃない。同じ嗜好《しこう》を持つ者同士で繋《つな》がって、それぞれの商売に利益があるように便宜を図っていると。むろん、それ以外の人物にはまったく知られないように」

「そういうことなんです。文字通り〈山森クラブ〉ですよね。ここまでわかれば蜷川さん、どう転んだって一筋縄でいかない相手だっていうのはわかったでしょう？　彼らはもうどこからも手を付けられないほどの強力なネットワークになってしまっているんですよ。〈変態行為〉という共通の秘密でもって山森を中心に繋がれたコングロマリットみたいなものですよ」

先輩も蜷川さんも同時に大きな溜息をついた。

「とんでもないですね」

蜷川さんが言う。

「警察内部はおろか、各種企業体にくわえて役所関係にも当然仲間がいる。それじゃあ、本当に、どこからも手の出しようがない。よくもこれだけのものを作り上げましたね、山森という男は」

「さっきも言ったように山森の力だけじゃないですからね。開拓時代からあったもので、あくまでも山森はそれを受け継いだだけの人間。まぁ彼自身が大した才能を持った人間であることは認めますけれどね。この地図だって」

また春くんがポインターで地図を叩いた。

「僕が趣味でやってるっていうのもあるけれど、デジタルを使わないでこんなふうにアナログでやっているのも、あいつらに出し抜かれないようにだよ。ネットなんか使った日には、向こうにいるハッカーたちにいつ何時知られるかわからないからね」

「向こうにもそういう連中はいるってことだな」

「当然のようにいるだろうね。僕なんかよりもはるかに優れた人間が。だから、〈山森クラブ〉に関する僕が知り得た情報は一切デジタルにしていない。全部がここと」

手を広げて部屋を示した後に、春くんは自分の頭を軽く叩いた。

「僕の頭の中だけにある。しかもこの頭の中には山森さえ知らない、〈山森クラブ〉の前身であるはずの組織の情報も、僕の父さんやじいさんやひいじいさんの記憶としてある。そしてそのことは山森も知っている」

そう言って、春くんはにっこり笑った。

「そうか」

「そうですか」

先輩と蜷川さんが同時に言って顔を見合わせた。

「何となくわかってきましたよ」

「俺もですよ蜷川さん。春、それもひょっとしたら今回の山森の狙いかもしれないんだな？お前の中にある全ての記憶」

春くんが、ポン、とポインターで自分の頭を叩いた。

「そうかもね。僕が全ての情報をデジタル化したのなら、あいつはそれを手に入れることができる。山森の仲間には暴力団関係やその手の人たちがいないって話は聞きました？　蜷川刑事」

「聞きましたね。そこが弱点なんじゃないかと思いましたが」

「確かに弱点ではあるんですよね。たとえばこの部屋にある情報を入手しようと思えば、荒っぽい連中に頼んでここを襲撃させて全部持って行かせればいい。僕を拉致《らち》して拷問でも何でもして記憶を引き出せばいい。でもそれをしないことによって奴は別の意味で〈弱点〉を持たないんです」

「表向きに罪を犯さない、という利点を得るんですね？」

「その通りです。暴力団関係と接点を持てば持つほど犯罪という弱点を抱えてしまう。たぶん〈山森クラブ〉の顧客の中には暴力団関係者もいるんでしょうけれど、それはあくまでも〈お客様〉として接しているから奴等に弱みを握られることもない。僕たちを脅したときにも動いたのは普通の一般市民だったよね？　キュウちゃん」

「そうだったね」

「逆に言うと、一般市民を自由に動かせる方が怖いということですね」

春くんが、こくりと頷いた。

「普通の生活を守りたいと考える一般の人の思いは、何よりも強いんですよね。それは刑事であるキュウちゃん康平ちゃん蜷川さんはよく知っていますよね。普通の生活を守りたいからこそ、どんなことでもやってのける。殺人まで犯してしまうこともある。それを隠して平然と生活する人もいる。そういう事例から見れば暴力団の連中なんてわかりやすくて笑っちゃいますよね」

確かにそう思う。

「普通の生活をしているからこそ、それが隠れ蓑《みの》にもなるんだよね」

「そうなんだよね。キュウちゃんたちが張り込みをしていて、ずーっと普通の生活をしている人たちを見張ることほどツライものはないでしょ？　一体いつ動くんだって」

三人で顔を見合わせて思わず苦笑いしてしまった。実際その通りなんだ。

「話を戻すと」

蜷川さんが言った。

「今回、山森は仲野刑事をターゲットにした。それも今現在の状況では長期化は否めない。しかも春くんを表立って警察に協力させることに成功した。それはつまり春くんの頭の中にある〈山森クラブ〉やその前身の〈過去のデータ〉を、警察と協力させることによって文書化させるのも目的のひとつかもしれないということですね？　文書化させればそれを手に入れるのは奴等にとっては簡単なこと」

「その通り」

春くんがポインターをくるりと回した。

「それが目的のひとつだとしたら、殺人事件はひとつじゃ終わらないよね。否応《いやおう》無しに僕のデータが必要になるような事件が立て続けに起こるはず。そうじゃなきゃ、今の段階で僕は僕の知ってる情報を文書にして警察の皆さんに渡す理由はないからね」

「しかし」

蜷川さんが言った。

「仲野刑事のそっくりさんを仕立て上げ殺人事件を起こすことでこうして春くんを捜査に参加させた。そして警察に春くんの頭の中にあるデータを文書化させそれを奪おうとするのが山森の狙い、という流れはまぁ納得できます。けれどもそのために殺人を犯すというのはとんでもないリスクですよね。山森はそのリスクを負ってまで手に入れようとしますか？」

いや、と一度首を横に振って続けた。

「そもそも、警察内部に〈山森クラブ〉の仲間がいると言っても、どこかの政治家が口を出してくるとしても、我々だって全員が全員、鎖に繋がれ牙《きば》を抜かれた犬の集団じゃない。必ずその鎖を千切る人間は出てくる。ましてやこのネット社会。どこからどう何が漏れるかわかったもんじゃないでしょう。仮に警察が手を出せなくても社会的に抹殺される可能性はあります。私から見るとリスクはとんでもなく大きいように思うのですが？」

うん、と、春くんは頷く。

「殺人だけに関して言えば、自分のところに絶対手が伸びないという絶対の安全を確保したならあいつはやりますよ。何故ならあいつは人を殺すことに関しては罪悪感も何も感じない人間だから。キュウちゃんや康平ちゃんには説明したけれど、あいつは〈他者に対して恒常的に恋愛感情や性的欲求を抱かない〉人間なんですよ。だからこそ山森は自分以外の人間が持ち合わせる感情の中でもわかりやすい〈愛憎〉や〈性欲〉というものに異常に興味を持っている。他者は全て自分には無いものを持っている数多くの研究対象に過ぎない。つまり〈命〉というものをまったく意識していない。だから必要とあれば、平気で殺す。仮に、それが自分であっても殺す、つまり自殺するでしょうね。あくまでもそれがその状況下において最善、あるいは必要だと思えばです」

「自殺願望があるのですか？」

「願望、なんていう俗なものじゃない、って山森なら言うでしょうね」

春くんが肩を竦めてみせた。

「研究対象であるからこそ、操りたい。人の〈感情〉や〈心〉をコントロールしたい。それだけがあいつのレゾンデートル。もしそれが永久に失われるのであれば、自分でさえこの世に必要ないって思っているだけですよ。だから、あいつにとっては殺人はリスクじゃない。ただの〈手段〉なんです」

それは確かに前にも聞いたけれど、まったく理解できない。理解できない人間がこの世にいるってことは何度も実感しているけれど、山森に関しては本当にわからない。蜷川さんも渋い顔をして、煙草を吹かした。

「なるほど。危険な人間であることは充分に理解できました」

春くんが、うん、と頷いて続けた。

「現にもう〈工藤佐枝子〉さん殺害に関してはどこからどう辿ってもあいつに行き着くはずはないんです。犯人は〈工藤隆則〉なんだから。そしてその〈工藤隆則〉を生み出したのもあいつだとしても、〈工藤隆則〉本人もたぶんこの世から消えているんだから彼を殺人犯としちゃったら事件はそのまま迷宮入り確実。犯人がいないんだから、そこから山森に繋がるはずもない。だよね？　康平ちゃん」

「悔しいが、そういうことだ」

「さらに、もうひとつのキュウちゃんに関わる〈死〉として、末田さんの自殺もきっとこの後どこからか〈工藤隆則〉さんの名前が出てきて、彼のせいで末田さんは自殺したなんてことになるんですよきっと。そこにも一切山森の影が出てこないんでしょう。そしてキュウちゃんが二重生活をしていたことをさらに裏付ける証拠になってしまうんだ。警察はキュウちゃんを逮捕することによって二つの事件を解決できることになる。まぁ現段階ではさすがに警察も簡単にはキュウちゃんを犯人にできないだろうけどね」

「だが、これからさらに、〈工藤隆則〉が関係したと思われる別の殺人やらなんやらが出てくるに至っては、もうキュウを軟禁して隠している場合じゃなくなって、キュウを犯人にしないためには、犯人と思われる山森に関する情報を、春の頭の中にあるものも全部出してもらわなきゃならない。そうじゃなきゃ捜査本部が納得しない。そしてそれが捜査本部に文書として回る、か」

「そういうことだね。少なくともそれで山森は僕の中にある一部のデータは得ることができる」

でも、それはつまり。

「あれだよね春くん。山森は自分の大事な〈山森クラブ〉をネタにして、その存在があることを表に出して捜査の手をどんどん広げさせて、春くんに深く関わらせて情報を得るっていうことになるんだよね？　それはとんでもないリスクを背負っているよね？　現場の捜査員にも〈山森クラブ〉の情報が全部出回るってことになっちゃうんだから」

どう考えてもそういうことになるんだ。

「キュウちゃん。そう見えて、実は山森には全然リスクなんかないんだよ。あ、違うね。引き換えにするメリットの方が大きいんだ」

「どうして」

「だって、そもそも〈山森クラブ〉の存在を裏付ける物的証拠は今のところ何にもないんだ。さらには、既に『〈志村春〉は〈山森クラブ〉の敵』という事実を警察内部に知らしめることにも山森は成功してしまっている。警察内部に何人の〈山森クラブ〉の会員がいるかわかんないけれど、その人たちは僕のことを監視し続ける。自分の保身のためにね。そりゃあ必死になるよ。さらにそうなると、全国にいる、あらゆる業種の〈山森クラブ〉の会員の変態さんたち全員僕の敵になる。ひょっとしたら、その中には山森には内緒で僕を亡き者にしようと画策するおっかない人たちがいるかもしれないよね。そうなったらなったで山森にとっては、まぁ気に入ってる研究材料がいなくなって多少は残念がるかもしれないけど、眼の上のたんこぶが自分が手を汚すことなく勝手に消えてくれて万万歳。〈山森クラブ〉のことに関しては世の中の偉い人たちが必死でその情報を闇に葬らせる。どう？　リスクを引き換えにしても山森の得るものは大きいでしょ？」

　蜷川さんは、頭を強く二度三度振った。

「とんでもない綱渡りに見えて、奴は安全圏の中で二重三重の仕掛けを施してしまっているということですか」

「ですね。伊達《だて》に一人の人間を、〈工藤隆則〉という架空の人物を生み出し殺人を犯すという大仕掛けをしているわけじゃない。それをやったからこそ、ここまであいつの仕掛けた罠が発動しているんです」

先輩は、煙草に火を点けて煙を吐いた。

「春が俺に指示して、三坂さんに全部ぶちまけて、ここでこうしていることさえもあいつの掌《てのひら》の上ってことか。俺たちは山森だけじゃない、正体不明の〈山森クラブ〉の会員たちからも、春を守らなきゃならない事態に自分たちを追い込んでしまっているってことか」

苦虫を嚙《か》み潰したような顔をする先輩に向かって、春くんがにっこりと笑った。

「そう落ち込むこともないよ康平ちゃん。そうやって山森の掌の上で踊ることさえも、僕はわかっていたんだから」

「わかっていて、こうしているのですか？　ということは、ここから先の展開も春くんは見えているというのですか。春くんも相当のリスクを負っているのは、それ相応のものを得られるのを確信しているからですか」

いいえ、と、春くんは蜷川さんに向かって首を横に振った。

「特に展開は見えてませんよ。それはこれから考えなきゃならない。でも、踊らされるってことがわかっているんだから、じゃあ踊ってやるかって〈自分の思う通り〉に身体を動かせばいいだけでしょ？　しかもですね、蜷川刑事」

「はい」

「山森だって、僕がどんなダンスをするかはわからないんですよ。わからないから、怖いから、確認をするために高みの見物をしているんです。だから、奴の度肝を抜く思いも寄らないようなダンスをしてやれば、ダンスフロアの床が抜けるように踊ってやればあいつは慌ててフロアに下りてきますよ」

前に春くんは言っていた。山森は出たがりだと。

「そして、あれだよね春くん」

山森もそうだけど、春くんもだ。

「蜷川さんはリスクと言ったけれど、春くんにとってはこの事態はリスクでも何でもない。〈人間の感情〉を研究するとてつもないいい事態なんだよね？　追い詰められていく自分の感情がどうなるのかを確かめたいという欲求を抑えることはできないんだね？　だからあえて山森の罠に飛び込んでいけるようにしておいたんだよね？　先輩に全部ぶちまけてほしいって指示を出したり」

とんでもない話なんだけど、そうなんだ。春くんはそういう人間なんだ。

「そうだね」

いつもの可愛らしい笑顔じゃない。口元がほんの少し歪《ゆが》んでまるでモナ・リザのような笑みを見せる。そう、こういう笑みを見せるときの春くんは、危険なんだ。

「慣れていない蜷川さんにとっては迷惑な話だろうけどね。でも大丈夫ですよ。何とかしますから」

蜷川さんが少し呆《あき》れたように小さく口を開けた。先輩はわかっていたように肩を竦めてみせた。そう、先輩も全部わかっている。春くんがそういう人間であることを。

「それで、どうやって踊ればいいんだ。春」

先輩が言う。

「俺たちはお前の言う通りに踊る。そのためにここに来たんだ。もちろん、他の捜査員の手が必要ならば俺が三坂さんに注進する」

「そうだなぁ」

春くんが腕組みをした。

「今あるのは、〈工藤佐枝子〉さん殺人事件の捜査本部なんだ。そして警察の皆さんはもちろん〈工藤隆則〉なる人物を追う。だから、その中に山森の姿が見えてくるようにうまく山森たちを誘導できればいいんだけど」

「そんなことができるのか」

「やろうと思えばね。あたりまえの話だけど、山森一人で全部できるはずもない。この間も話したけど、〈山森クラブ〉で変態行為を行う女性男性たちを束ねるヘッドが必ずいるはずなんだ。それと同時に、組織を運営するにあたって様々なトラブルに対処したり、こんなふうにキュウちゃんを陥れるための仕掛けを考える人間は必ずいる。その実動部隊を特定するために、たとえばキュウちゃんを囮《おとり》に使ったりして、山森の側近、つまり直《じか》に接している人間を炙《あぶ》り出すとかね。いろいろ手はあるとは思うけれども」

蜷川さんが、首を捻《ひね》った。ちょっと待ってください、というふうに右掌を広げて何かを考えている。

「それはどうでしょうかね。誘導とか炙り出すとか囮とか言いましたが、それはつまり捜査本部に内緒で我々だけで、もしくは春くんだけで動くという意味合いですか？」

「そうなるかな？　何せ僕たちの動きを山森は摑もうとするからね。謀《はかりごと》は密なるを以てよしとするかな」

蜷川さんが渋い顔をした。

「今の段階で勝手に策略を施すのは拙《まず》いのではないかと考えますね。あくまでも我々警察は事実を集めていかなければならない。それも、炙り出した事実ではなく、今ここにある事実から進めていって辿り着く事実をです。それはどんな複雑な事態においても、最も有効で最優先のやり方です」

春くんがポインターをひゅん！　と振り回した。

「その通りなんですよ蜷川刑事。思っていた通りあなたは実に堅実で優秀な刑事ですよね。康平ちゃんとは違うベクトルの優秀さを持ってる」

「どういう意味だ」

「褒めてるんだよ。康平ちゃんが優れている点は鼻が利くこと。勘の良さだよ。どんなに複雑でも話が拡がってもそこから何かの匂いを嗅《か》ぎ取って正解の方へ足を進めていけるしその度胸も持っているんだ。でも、蜷川刑事は違う。決して勘が良いとかそういうことじゃなくて、迷わないんだ。拡がっていく話の中から正しい道筋を事実を集めて決めて動こうとする」

いや、って蜷川さんが苦笑した。

「そんなことで褒めないでください。刑事の基本ですよ。どれだけ仮説を立てようともその中に真実があるとは限らない。事実を集めることでしか真実には辿り着かない。仮説は事実を集めるための指針に過ぎないんです」

頷いた。その通りだ。捜査に仮定も仮説も必要ではあるけれど、それは進めれば進めるほど事実がないがしろになってしまう危険性を含んでいる。

「我々は、事実を集めなければならないんです」

そう繰り返した蜷川刑事に、春くんが嬉しそうにニコニコしている。きっと余程蜷川刑事のことを気に入ったんだ。

「じゃあ、ちょうどいいから、今、僕たちが持っている〈山森クラブ〉に関する事実とともに、人物たちを再確認してみよう」

よっ、と声を出して、ぴょん、と跳んで春くんは写真が多く貼られた壁の前に移動する。移動するなら歩けばいいのにどうしてそんなふうに可愛らしく女の子みたいに跳ぶんだ、と思うけど、そういうことにももう慣れた。慣れている自分が少し怖く思うけど。

「まず、事実その一」

ポインターで写真を一枚示した。

「北道大学名誉教授、坂城常郎。僕の父の同僚でしたね。彼は〈山森クラブ〉の会員でした。どういう変態行為をしたかは彼の名誉のために伏せておきますけどね。事実です。細かいことは後ほどにして、彼には今二重スパイをやってもらっています。〈山森クラブ〉の会員であることをこちらが隠す代わりに、自分の知っている情報は全部貰《もら》う。だから、もしものときには証人になってもらえる。まぁそれは自分の身の破滅になるから余程の事態にならないと無理ですけどね」

うん、と頷きながら蜷川さんはメモを取っている。

「事実その二」

次にひょいと示したのは吉川《よしかわ》くんだ。

「当時M大学法学部四年生だった吉川くん。彼は偶然にも〈山森クラブ〉の中継地点。まぁ斡旋《あっせん》所って言えばいいのかな。〈チェカリン〉という店でバイトしていて、その仕組みを目撃してしまって坂城教授に助け出された経験を持ってます。彼の目撃情報は重要ですよ。なんたってわざわざ山森の手の者が確認しようとしたぐらいですからね」

そうだった。あれ以来会っていないけれど、何かあったら連絡をくれることになっていて、何もないんだから元気なんだろうけど。

「事実その三」

示した写真は奈々ちゃんだ。こうしてたくさん写真が貼ってあっても彼女は目立つ。

「大磯奈々ちゃん。高校三年生になりましたね。可愛い女の子ですけれど〈山森クラブ〉で若い学生を専門にした引き込み役ですよ。小学生から大学生まで、その気がある女の子を誘って仕切っている。ただし、下部の人間なので山森と直接接触はしていません。今はもうそこから離れてはいますけど、自分が集めた女の子たちとは連絡を取り合っていますよ。あ、彼女が今は僕たちの味方であることは間違いないですからね」

奈々ちゃんに関しても僕や先輩は一切接触していない。もちろん彼女が引き起こしたあの事件の後処理として会ったことはあるけれども。

彼女も、僕にはわからないタイプの人間だ。あんなに可愛い高校生なのに、平気な顔をして自分の身体を売る。いやそもそも彼女は売るという行為自体に何の重きも置いていないと思う。ただ、金というものが媒介した方が楽だからという感じだ。

「事実その四」

示したのは黒縁眼鏡の真面目そうな男。

「札幌市役所土木部維持管理課主任の佐々木勇《ささきいさむ》さん。彼も〈山森クラブ〉の会員だよね。それは山森の証言しか証拠はないけれども、状況から言って確かなものだと思う。それこそ奈々ちゃんのあの〈雪堆積場《たいせき》事件〉のお蔭で、発覚した事実だね。この人がいたから、〈山森クラブ〉の会員の存在はより確かなものになったよね」

確かにそうだ。佐々木さんには今のところまったく接触していない。しない方がいいという判断だったけれど、もちろんパーソナルデータは全部調べ尽くしてある。でも、とても変態行為を行っているような人には思えない。真面目で、そしてとても優秀な市役所職員だ。

「お前は、佐々木さんのことも調べたのか？　通り一遍のデータじゃなくて〈山森クラブ〉でのことも」

先輩が訊くと、春くんは小さく顎《あご》を動かした。

「一応ね。彼はバツいちなんだけど、その原因は浮気癖だったみたい。その浮気癖をそのまま〈山森クラブ〉での遊びに切り替えた感じかなぁ。あのね、蜷川さん」

「はい」

「今まで話したことで〈山森クラブ〉は何となく高級な変態売春組織ってイメージで、庶民なんか参加できない感じがあるでしょうけど、そうでもないんですよ。これは奈々ちゃんからの情報だけど、末端であれば、つまり社会的に高い地位にない人々であればお互いに合意があればタダでもできる。つまり、ただのラブ・アフェアになっちゃうこともあるんですよ」

蜷川さんが眼を丸くした。

「そうなのですか？　その場合は警察の介入する部分などないですね」

「まったくなんです。だから余計にややこしい。大人の男女もしくは男性同士女性同士が何をしようと勝手ですからね。で、何でこんな情報を入れたかというと、佐々木さんがどうもそうらしい」

「佐々木さんが？　それはどういう」

訊いたら、ニコッと笑って春くんは別の写真を示した。

「事実その五」

そこに写っていたのは、三十代と思われる女性。街角で撮ったらしい写真だ。女性は春物のコートを着て歩いている。写真で見ただけでも長身でスタイルがいいのはわかる。

「勤め人って感じかな」

「そうだね。遠藤保奈美《えんどうほなみ》さん。詳しいデータは後ほどにして、普通のＯＬさんだよ。この人が実は〈山森クラブ〉で変態行為を売りにしていた女性らしい。どんな変態行為が好きかも後ほどね」

悪戯《いたずら》っぽく笑った。

「売りにしていたということは、山森の手持ちの女性だったってことか」

先輩が言う。

「そうだね。山森と直接会っていたかどうか、社会的に重要な地位の人物と遊んでいたかどうかまでは調べていない。でも、彼女はもう〈お仕事〉はやっていないんだ。引退したらしいね。それというのも、佐々木さんと出会って随分と気が合ったらしくて、もう佐々木さんとしか変態行為はしていないらしい」

「それは」

蜷川さんが少し唇を歪めた。

「つまり、恋人同士になってしまったということですね」

「そういうことなんでしょうね」

春くんがおもしろそうに笑う。

「楽しいよねぇ。いや、山森にしてみたら手駒《てごま》に逃げられてしまったわけだからおもしろくはないかもしれないけど、何だか〈山森クラブ〉が婚活の場所みたいじゃない？」

「婚活って」

まぁ見方を変えればそう表現してもいいんだろうけど。

「しかしそういう事実があるなら、〈山森クラブ〉を抜けても制裁とかはないってことになるな」

先輩が言う。

「そうだね。そこのところは単にこの遠藤保奈美さんが末端の人間だったからってことかもしれない。そもそも自分の性癖なんか暴露したくもされたくもないから抜けてもぺらぺら喋《しゃべ》ったりしないよね。だから無駄な制裁なんかしないだろうし。でも、ひょっとしたらこの遠藤保奈美さんには、何か別の、特別な事情があるのかもしれない」

「そこは攻めどころかもしれないな。覚えておこう」

先輩もメモを取り出して控えていた。

「今のところ、人物から辿れる事実はこれだけだね。もちろん野菜事件の被害者たちも重要な事実ではあるけれども、死人に口無しだし、その辺は時間の無駄だから後回しにしようか」

「時間の無駄ってことは」

先輩が続けた。

「この生きている関係者に対して、今すぐにでも動いた方がいいのか？」

うん、と、春くんは頷いた。

「キュウちゃんはどんどん追い詰められていくはず。そうすると、ボスの三坂さんも僕にキュウちゃんを預けた以上は何としてもキュウちゃんの無実を証明しなきゃならなくなる。それが山森の計画のひとつであるかどうかは別にしてね」

「そうだな」

「そして僕はそれに協力しなきゃならない。今話したようなことも全部文書化して捜査員の皆さんに配付する。つまり〈工藤佐枝子〉さん殺人事件はその背後にあると思われる〈山森クラブ〉摘発にすり替わっていく。けれども？　キュウちゃん？」

はいどうぞ、って感じで僕に手を伸ばした。

「〈山森クラブ〉という売春組織の存在を明かされてはならない警察内部の人間、もしくはその他の組織の人間たちがそれを潰してしまおうと適時、あるいは適当な場面で行動に出る。従って警察に渡したデータは」

「そう。僕の提供したデータは山森たちに吸い上げられて、どんどん丸裸にされていって、山森の良いように使われてしまう結果になる。僕の頭の中にあるものは、〈志村家の歴史〉なんだ。それは即ち〈北海道の開拓の歴史の秘部〉でもあるんだ。明かされない方がいいものがたくさんある。同時に今現在の志村家の、まぁ世間的に判断するなら〈暗部〉だよね。できれば他の誰にも知られたくないものばかりだ。だから」

「動くのなら、すぐにか。春のデータを警察に渡すような状況になる前に」

春くんが頷いた。

そうなんだ。志村家の秘密は少なくとも社会的には良き事ではない。むしろ背徳というべきものがたくさんあるんだ。もしそれが山森に摑まれて明かされたのなら、たとえば大学教授の秋奈さんはあっという間に職を失うだろう。イラストレーターの夏美さんだって人気商売であることは間違いないんだから、信用を失うだろう。ましてや母親のおケイさんは、スキノでジャズを唄い続けて四十五年。培った人間関係も何もかも崩れ去るだろう。

つまり、志村家が崩壊する。

「その、〈北海道の開拓の歴史の秘部〉だけどね、春くん」

「うん」

「〈山森クラブ〉の存在も、言ってみれば開拓の頃から綿々と続く秘密クラブだよね。だから春くんも山森も同じようなものを抱えているわけだけど、その重みが違うんだよね？」

詳しくは僕は聞いていないし、先輩も知らないはずだ。春くんは、うん、って頷いた。

「話す必要もなかったし、話せるようなことでもないからね。さっきも言ったけど、この部屋は座敷牢だった。志村家は時の政府からの依頼で何かを取り締まったり何かを守ったりする立場にいた。僕の四代前と三代前の話だね。じいさんと父さんは普通の大学教授だけど、もちろんその記憶を抱えていた」

「それは」

蜷川さんが少し眼を細めた。

「発表されれば、北海道の歴史が変わるようなものですか」

「うん」

春くんが少しだけ真剣な顔で頷く。

「まぁ百何十年も前のことだから今さら、誰かがどこかのお雇い外国人を暗殺しようとしていてそれを防ぐために誰かを殺したとか、北の方の国のお偉いさんが策略を巡らして何かを乗っ取ろうとしたけどやっぱり殺されたとか、そんな血腥《ちなまぐさ》いことを言ってもね。罪になるわけでもないし、近代史に書き込むことが増えるだけってことだけど、少なくともちょっとした騒ぎになるのは間違いないね。まぁ僕の妄想ってことにされて終わってしまう可能性はあるけれど」

妄想なんかじゃないんだ。少なくともそれを先輩も僕も、志村家に深く関わっている人なら理解できる。

「だから、山森はたぶんそれをも欲しがっているんだろうね。〈山森クラブ〉の歴史は僕の先祖が活動してきたものと随分被っている。それはあいつも知り得ない情報だ。もしも、僕の頭にある先祖の思い出と〈山森クラブ〉の活動を丹念に組み合わせていけば、あいつはもっと大きなものを手に入れられるね」

「それは、北海道の政財界の偉い方たちの暗部という意味でですね？」

蜷川さんが訊いた。

「そういうことですね」

春くんが言うと、蜷川さんは大きく頷いた。

「ようやく納得できた気がします。何故山森がそこまでして春くんの頭の中にあるものを欲しがるのか」

そう言った途端だ。春くんのスイッチが入った。もう何度となく見ているからすぐにわかった。春くんを見ていた蜷川さんも何かを感じたんだろう。思わず、といった感じで背筋を伸ばした。

「蜷川殿もご存知の様に、北海道の開拓の歴史は多くのお雇い外国人との歴史でもある。それは即ち〈文化の衝突〉でもあったのだ」

いつものことだけど、春くんがご先祖の記憶を頭の真ん中に置いて、その人に成り代わって話し出すと、顔つきも雰囲気もひょっとしたら体つきまで変わってしまったんじゃないかと錯覚してしまう。それぐらいのオーラを放つ。

「〈文化の衝突〉とは、机に座りながらにして世界の情報の何もかもが手に入る現在からは想像もつかないほどに大きなものだったのだ。その辺は想像してもらうしかないが、それは知識と知性を持った人間たちには生き方や考え方や人生さえも一瞬にして変える程のものだった。そしてそこには、正に生殺与奪とでも言うべき大きな力の存在もあった。それを、私たちは常に感じていた。踊らされていたとでも言うべきか。あるいはそれが」

春くんの眼じゃない。ご先祖の誰かの眼の輝きが蜷川さんを射貫《いぬ》いている。

「〈時代〉というべきものだったのかもしれん」

そこで、まるでマウスでクリックしたみたいにして一瞬で雰囲気が変わって、春くんがニコッと笑った。

蜷川さんが、何かから解放されたように大きく息を吐いた。

「これは、納得せざるを得ません」

そう言って、スーツのポケットからハンカチを取り出して、額を拭《ぬぐ》った。

「汗をかいています。まるで、眼の前で拳銃の銃口を突き付けられているようでしたよ。これを、山森も知っているのですね？」

「たぶんね」

春くんが言う。

「歴史的事実ばかりが僕の頭の中にある。だからこんな回りくどいことをしてでも手に入れようとしている。対抗手段は蜷川さんの言うように、事実を丹念に集めていくやり方がいい。何故なら、それが山森にとってはいちばん嫌なことだから。いくら隠し通していても、〈山森クラブ〉は〈変態行為を行う売春〉を事実として行っているんだから。その証拠をコツコツと積み上げられていくのがいちばん困る」

「直接的な証拠がなくとも、状況証拠を何十も何百も重ねていくということですね」

「そういうこと。とりあえず、市役所の佐々木さんと遠藤さんのカップルだね。この二人がどこまで〈山森クラブ〉の深部まで関わっているかを調べる必要がある」

「でも」

それは今までしていなかった。

「僕たちが動いたことが山森に知られたら、あいつはこの佐々木さんも遠藤さんも消すかもしれないよね？　だから今まで先輩も僕も〈山森クラブ〉に関する調査は、特に関係者を探すことはしなかった」

「だね」

春くんは頷く。

「人を殺すことを何とも思っていない奴だからね」

「それでは、動けませんね」

蜷川さんが唸った。

「まさかその佐々木さんと遠藤さんを保護するわけにもいきません。許可が現段階では出ないでしょう。仮に我々だけでその二人をここまで連れてきて話を詳しく聞けたとしても、その後彼らをずっと保護するわけにもいきません」

そうか、って蜷川さんが顔を顰めた。

「山森が暴力団関係者と接触していない普通の市民でいる理由がそこにもあるのですね」

「その通りです。これが暴力団と密接な関係にあるのなら、その事実が少しでも確認できれば、保護する理由も生まれてくるんですよ。でも、ない。山森はまったくきれいな小市民なんです」

蜷川さんが頷いた。

「今まで根来さんと仲野くんが歯痒《はがゆ》い思いをしていたのがよくわかります。これは、確かに難敵だ」

「難敵だし、天才的に頭が良いのが邪魔をして無茶もしない。だから、さんざん脅かしたけど、次の殺人事件が起こるのには間があると思いますよ。いくらなんでもキュウちゃんのそっくりさんがそんなに立て続けに殺人を犯しちゃあ、誰もがこれはおかしいんじゃないかと思う。そして、どんなに横槍が入ったとしても真面目な警察官の皆さんが黙っちゃいない」

確かにそうだ。

「そこで、だよ。康平ちゃん。友達に出張ってもらうわけにはいかないかな」

「友達？」

先輩が少し首を傾げた。

「俺のか？」

「そう。前の雪堆積場事件のときに手伝ってもらおうかって言ってた友達」

先輩が、あ、と口を開けた。

「長崎《ながさき》か」

そうだ。市役所にいる先輩の同級生の長崎茂《しげる》さん。

「あのときは話をする前に決着つけちゃったけど、今でも友達だよね？」

「まぁ、そうだが」

「そしてさ」

春くんがにやりと笑った。

「強いし、彼は康平ちゃんのことが好きなんだよね？」

「それはお前に話した覚えはないが」

言いながら先輩の顔が歪んでいた。

「すごいよねぇ長崎茂さん。大学時代に柔道のオリンピック代表候補まで行ったんだよね。正義感も強いし、タフだし、一時期は警察官になろうとも思っていたんだよね。何よりも康平ちゃんのためならなんでもするんだもんね。あれでしょ？　大学のときにススキノでヤクザに絡まれた康平ちゃんを助けるために、十人ぐらいの中に飛び込んでいったんだよね。それを全員やっつけちゃったって」

先輩が溜息をついた。

「今さら驚きはしないが、どうやってお前はそういう情報を仕入れてくるんだ」

「あれ、これは簡単だよ。僕のネットワークなんか使う必要ない。だって秋奈ネエから聞いたんだもん」

そうだった。秋奈さんも大学は一緒なんだから、長崎さんのことを秋奈さんはよく知ってるはずだ。

「秋奈ネエ言ってたよ。私は学生時代に長崎くんにさんざん恨まれていたんだって。大好きな康平ちゃんを独り占めしていたから。何だったら康平ちゃんのお尻ならいつでも貸し出してもいいわよって言ったんだけど、愛の無いセックスはイヤだって言ってたんだってね長崎さん。真面目な人だよね」

蜷川さんが少し眼を丸くした。

「根来刑事」

「蜷川さん、何も言わないでください。俺にそっちの気はありません」

そうだった。ある程度のことは話したけれど、蜷川さんはまだ志村家の本当のことはまるで知らない。先輩が蜷川さんに向かって軽く手を上げた。

「これから一緒に動けば、あなたはもっといろんなことを知る。この志村家のことに関してもね。ですが、いちいち反応しないで黙ってそういうものなんだと納得しておいてください。できれば一生。墓場の中にまで」

蜷川さんが一度僕や春くんの顔を見てから、小さく頷いた。

「もちろんですよ。このおかしな事件の担当になって、〈山森クラブ〉の話を聞いたときから覚悟していましたから。ご安心ください」

「良かった」

春くんは笑った。

「で、さっそくだけど康平ちゃん。長崎さんに会いに行ってくれる？　そしてお願いしてほしいんだ」

「札幌市役所土木部維持管理課主任の佐々木さんと、その恋人らしい遠藤保奈美さんのことを、大至急調べてほしいってことだな？」

「そういうこと」

☆

素人、一般市民を捜査に巻き込むことに蜷川さんが難色を示したけれど、長崎さんがどんな部署にいるかを知ったら納得していた。僕もだ。

「まさかそんな部署が市役所にあるとは思いませんでしたね」

車を運転しながら言うと、先輩は煙草の煙を吐きながら頷いた。

二人で長崎さんの家へ向かっていた。春くんは家で今後の動きをさらにいろいろ検討しているし、蜷川さんはその警備役だ。これまでの事件の流れの中で、説明不足だった部分も今頃確認しているはず。

「まぁその部署自体は普通にあるものなんだし、どんな業種にも似たようなものはあるよな」

「ですね」

監査だ。先輩の同級生である長崎さんは札幌市役所監査事務局特例監査担当課第一課長。それが役職だった。

「基本的には、お金の流れがきちんとしているかどうかをチェックする部署ですよね？」

「そういうことだな」

先輩が頷く。

長崎さんに電話したら、待ってるぞ、って嬉しそうに言われたそうだ。嫌そうに言っていたけれど、決して嫌っているわけじゃない。それはよくわかる。

「ただ、あいつのやってることは少しばかり特殊だ。そもそもお役所の監査委員ってのは、どこの部署からも、市長からだって独立している」

「知ってますよ。基本は金勘定ですけど、やってることは僕たち警察と変わりませんよね。不正なお金の流れがないかどうかもきちんとチェックする」

「その通りだな」

詐欺なんかを扱う捜査第二課だってそうだ。地道なお金の流れをチェックしてこそ浮び上がる犯罪がある。

「その監査委員を補佐する監査事務局の中でも、あいつは金勘定ばかりじゃない。金の流れを扱うのは人だ。個人だ。個人の動きがそのまま金の流れに直結する。だから、あいつのいる特例監査担当課は、市役所の人間関係をも把握する必要がある。それは単に人事とかじゃない。俺たちの刑事の眼と同じ感覚をあいつは持ってる」

嫌な話だけど、僕たち刑事は常に〈疑う〉ことを職業にしている。最初から〈信じて〉しまったら捜査にはならない。

「それと同じ感覚を、長崎さんは常に持っているわけですね」

「その通りだ。今までも相談を受けたことは何度かある」

「どんな相談ですか」

うん、と、頷いて煙を吐いた。

かな」

「大きな声では言えないがな。小さな不正を働いた人間を見逃すにはどうしたらいいか、と
「見逃したんですか」
「そうせざるを得ない事情があったらしい。その事情までも、人間関係の深いところまでも
あいつは調べなきゃならない。文字通り〈市役所の探偵〉と言ってもいいだろうな」
大変な仕事だと思う。僕らは犯罪捜査のプロだ。不正を見つけたのならそれを暴いて逮捕
すればいい。けれどもお役所ともなると体面がある。
「何せ扱ってるのは市民の皆様の税金とかだからな。ちょっとしたことですぐさま大騒ぎに
なる。本当に犯罪ならばそれは糾弾すべきものだが、そうも言い切れない場面も出てくる。
だからまぁ」
先輩がひょいと肩を竦めた。
「今回も、持ちつ持たれつだ。きっと気分良く引き受けてくれるぜ」
「ましてや愛する先輩からの頼みですもんね」
「やめろ」

長崎さんは平岸《ひらぎし》に住んでいた。平岸街道沿いにある大きなマンションの裏手の、こぢんま
りとした二階建ての集合住宅だ。マンションというよりアパートと呼んだ方がしっくりくる、
少しクラシカルな昭和の雰囲気が漂う建物だけど、それは古いんじゃなくてそういう雰囲気

で建てたものだっていうのはわかった。

鉄製の階段を上って二階のいちばん奥が長崎さんの部屋だったんだけど、僕と先輩がその階段を上り切ったところでもうその部屋のドアが開いた。

そこに、満面に笑みを湛《たた》えたとにかく大きな男性が立って手を振った。

「根来」

きっと大きな声で呼びたかったんだろうけど、そこはもう夜の八時を回っていた。周囲に気を遣って小声で呼んだのが可笑《おか》しかった。

この人が長崎さん。

6

「尾行はされてないだろうな?」

ドアを閉めると同時に長崎さんが鋭い眼付きで言った。

柔道でオリンピック代表候補にまでなったというし、四段を持っている根来先輩も絶対に敵わないと言うからどんなにすごい身体の持ち主かと思ったけれど、意外にそうでもなかった。確かに背は高い。一八五センチある先輩よりも大きいから一九〇近くはあるんだろうけど、それほど分厚い身体ではない。むしろ細身に見えるぐらいだ。

「人を何だと思ってるんだ。刑事が二人だぞ」

「ごもっとも」

けれども、笑った顔はまるでリスのように可愛い。少し長めのまっすぐな髪の毛は、きっと朝起きたら七三にセットするんだろう。そういう意味では、全体にとてもいい感じでアンバランスな人だった。

「同僚の仲野刑事だ」

「よろしくお願いします」

「こちらこそ、お世話になっています」

長崎さんはしっかりと頭を下げる。ひょっとしたら名刺を出すんじゃないかと思ったぐらいに丁寧な物腰。やっぱりその辺は市役所勤めの人なんだなって感じてしまった。

アパートの部屋は標準的な広さだ。居間とキッチンが続いていてその他にたぶん寝室がある。一人暮らしにはちょうど良い広さ。外観の昭和テイストは部屋の中にも徹底されていて、窓には障子があったりキッチンの床は黒い板張りだったり、居間には畳が敷いてある。これは、けっこうちゃんとしたデザイナーズマンションだったりするんじゃないだろうか。畳も古臭いものじゃなくて何かおしゃれな感じだ。ただ、そこに置いてあるちゃぶ台は明らかに年代物で、どこかの骨董《こっとう》品屋で買ってきたんじゃないかって思えるほど。

「相変わらずの懐古趣味だな」

「ほっとけ」

先輩の言葉に長崎さんは笑った。そうか、先輩と同い年でまだ若いのに古いものが好きな人なのか。

「二人ともコーヒーでいいんだろ？　もう落としてあるんだが」

「あぁ、すまんな」

先輩がどっかとちゃぶ台の周りにあった座布団に座ったので、それに倣った。この座布団だって、かなり年季が入っている気がするけれど、でも、手触りがいい。かなり高級な座布団なんじゃないか。こういう高そうな座布団に座ったのなんか、法事かなんかで座った以来じゃないか。

それ以外は、ごく普通の独身男性の部屋という感じだ。テレビがあって机がある。和の雰囲気がたっぷりの小さな茶箪笥《ちゃだんす》もあった。壁際の小さな本棚には六法全書や法律関係、そして会計業務やその手の本が並ぶ。国際紛争もののノンフィクションなんかの本も多い。かなりハードな読書傾向を持っているみたいだ。

「志村は元気か」

長崎さんがキッチンから声を掛けた。

「元気だ。あいつは殺しても死なない」

「だな。あいつのタフさが羨《うらや》ましいよ」

志村というのは春くんではなくて、同級生の秋奈さんのことだろう。そうか、秋奈さんは以前から友達にもそんなふうに思われていたんだ。

「さて」

もう落としてあったというコーヒーをカップに入れて長崎さんが持ってきて、言った。

「お前のこったから、仲野さんに余計な話をすると怒るんだろ？」

「余計な話とは何だ」

「大学時代の話とかいろいろだ」

ふん、と、先輩はカップを持ち上げながら鼻を鳴らす。

「こいつは、あぁ、呼び名はキュウでいい」

「キュウ？」

「名前は久なんだが皆がキュウと呼ぶ。もう長い付き合いで、俺のことなんか全部知ってるから余計な心配をするな。お前とのことも知ってる」

「あ、そぅお？」

急に長崎さんの顔つきが変わった。口調まで変わった。

「なぁんだ、それなら早くそう言ってよね。普段のままで接しちゃったわ。そういうわけだからよろしくねキュウちゃん」

「あ、はい」

春くんで免疫ができているから今さらこれぐらいで驚いたりはしないけれども、また呼ばれ方はキュウちゃんになってしまった。

「そうなのよ。別にね、ゲイだからってオネェ言葉で話さなくたっていいんだけど、私はなんとなくこの方が楽なのよ。姉が三人いてね、その影響で幼稚園までは女言葉だったのよね。

小学校に上がるときに親に無理矢理矯正させられたんだけど。だからよく知ってる人の前ではこんな感じね」

「そうなんですか」

苦笑いするしかない。オネェ言葉というよりも、男性にしてはものすごく優しい喋《しゃべ》り方って感じだ。

「それはいいんだが、話の内容があれだからすまんが昼間の顔のままでいてくれ。話しづらくてしょうがない」

「そうか。まぁそれはしょうがない」

コロッと変わる。その変わり身の早さに眩暈《めまい》がするぐらいだ。先輩が長崎さんを頼りたくないと言った気持ちが少しだけわかるような気がした。いろんな意味で面倒臭そうな人だ。

長崎さんが、コーヒーを一口飲む。

「うちの職員のことを極秘に調べてほしいってことだったな?」

完全な男言葉だと顔つきも身体から醸し出す雰囲気も全然違ってくる。まるで春くんがご先祖様の記憶で喋るときみたいだ。世の中には僕の想像も付かない暮らしをしている人が大勢いる。

「そうだ。札幌市役所土木部維持管理課主任の佐々木さんと、その恋人らしい遠藤保奈美さんの二人についてだ」

名前を出すと、長崎さんの眼付きがまた変わった。最初に会ったときの鋭い眼付きだ。昼間、市役所でこんな顔で仕事をしているのだとしたら、周囲からは相当怖い人物だと思われているに違いない。

「維持管理課の佐々木主任か」

「知ってるか？」

「知らいでか」

長崎さんは、ニヤリと笑った。

「変態野郎だ」

思わず先輩と顔を見合わせてしまった。

「それも知ってるのか?!」

先輩が驚いて訊《き》くと、ふん、と鼻を鳴らした。

「なめるなよ。特例監査のやってることはまんま公安と一緒だ。ターゲットにした人物のことは丸裸にしてファイルする。そのターゲットにするのは〈市民に不安を与える要素を抱える人物〉だ」

「つまり、同じ市役所職員の中で不穏な人間を洗い出すってことですか」

「その通りだキュウくん」

そうか、昼間の人格では、キュウくん、になるのか。その前に、長崎さんご自身が〈市民に不安を与える要素を抱える人物〉になっちゃったりはしないいんだろうかと考えてしまったけれど、まぁ大丈夫なんだろう。

「まずは職員の採用試験、公務員試験だな。それは万人に平等だ。家庭環境や経歴などで区別したりしない。面接においてはむしろ民間企業よりも人物重視の傾向が強いのでおかしな人間などは採用されない。しかし、採用した後に種々様々な問題を抱えてしまう人間はどうしても出てくる。特に金銭的な問題だな。そして男性職員の場合は金銭的な問題に絡むのはどうしたって女だし、女性職員の場合は男だ」

確かに、と、頷いてしまった。金の後ろに男女の影あり、だ。それは僕たちが扱う犯罪でも同じこと。

「そういう人間を抱えてしまうと、お役所としての権威失墜や、市民の皆さんの信用を失う結果となる。だから俺たちは常に職員の噂話に耳を傾け、少しでもおかしな言動、行動があればその人物の調査をする」

「まさしく、僕らと同じような内容の仕事ですね」

言うと、長崎さんは大きく頷いた。

「ただ、そこからが違う。その人物に問題や間違いを犯すような兆候があっても、糾弾するんじゃない。もちろんクビにするのでもない。俺たちにそんな権限はないからな。すぐさま本当かどうかを本人に確かめて、本人が望むのならば相談に乗る。それも思いっきりだ」

「思いっきりですか」

そうなんだ！　と、長崎さんがまた大きく頷く。

「俺たち公務員は仲間だからな。出世争いは、無いとは言わないがほとんど無縁だ。仲間の失態はそのまま自分たちにも跳ね返ってくる。だから必死だぞ？　何とかそのおかしな兆候を消し去ってくれとな。警察も叩《たた》かれることが多いからわかると思うが、何より怖いのは〈市民の声〉だ」

「その通りだな」

根来先輩が言った。

「先輩は何も怖いものが無いでしょう」

「そうだそうだ。お前が怖いのは志村だけだろう」

「誰が言ったそんなこと」

怖いかどうかは別にして、先輩が秋奈さんに対しては文句を言わないことは確かだ。

「それはともかくも」

長崎さんがニヤニヤしながら続けた。

「佐々木主任に関してもそうだ。俺たちは彼のプライベートは丸裸にしている。知り尽くしている。どんな性癖を持っているかとか。その遠藤保奈美さんに関してもある程度の情報はあるぞ。さすがに彼女は職員ではないので踏み込めない部分はあるが、佐々木主任とどんな付き合いがあるかはわかっている」

「その上で相談に乗って、そのプライベートが表に出ないようにする。もしくは、何らかの形で解消してもらうと」

「そういうことだ」

なるほど、そういう仕事をしているのか。

「相談に乗っているってことは」

先輩が言いながら右手の二本の指を広げた。煙草を吸っていいかという仕草だ。長崎さんは頷いて、後ろにあった小さな茶簞笥からガラスの灰皿を取り出してきた。これも随分レトロな灰皿だ。昔、おじいちゃんの家のテーブルの上にあった気がする。

「佐々木主任は自分のプライベートを包み隠さずお前に話しているということだな?」

先輩が煙草に火を点《つ》けながら言う。

「全部話しているかどうかはわからん。ただ、問題が起きたときにどういうことになるかは佐々木主任も理解はしているから、ある程度、そうだな、俺の感触では八割方本音で自分をさらけ出してくれていると思うぞ」

「それはあれですか。自分が行っている変態行為も全部ってことになるんですか」

「全部だろうな。おかしな表現にはなるが、佐々木主任は自分の性癖をちゃんとコントロールできている。それで犯罪に走るようなことはないと俺たちは判断している」

「遠藤保奈美さんのことも知っているということは、その他の交友関係もある程度は把握しているということだな?」

先輩が言うと、長崎さんは頷《うなず》いた。

「もちろん、ある程度だがな」

思わず先輩と顔を見合わせてしまった。ということは。

「訊くが、佐々木主任が遠藤保奈美さんと出会った経緯もわかっているのか？」

「本人の弁だからな。俺たちは警察みたいにその裏を取れる程の捜査能力も権限もない。だから嘘をつかれていたらどうしようもないが、わかってるぞ。世の中に俺の知らない世界があるらしくてな。どうも同じ嗜好《しこう》を持つ人たちが集まる会で知り合ったらしい。佐々木主任によれば〈合コン〉だ。ただし、〈変わった性癖を持つ人たち同士〉のな」

それは。

「長崎」

「おう」

「それは、資料にまとまっているのか」

長崎さんは頷いた。

「俺の部署にデータとして残してあるぞ。ただし、ネットにもどこにも繫《つな》がっていないスタンドアロンのパソコンにな。パスワードは毎日変わるし、それを開けるときには課内の三人の判子がいるんだ」

漏洩を防ぐためなんだろう。それがいちばん手っ取り早くて確実だ。判子というのがいかにもお役所的だけど、この場合はかなり効果的なシステムだと思う。

先輩が、ぐい、とちゃぶ台に身を乗り出した。

「電話でも言ったが、重要な捜査案件なんだ。その佐々木主任のデータを全部貰《もら》えるか？」

「いいぞ」

あっさり頷かれてしまった。まぁ最初から佐々木さんのことを変態だと明かしていたから協力はしてくれるものと思っていたけど。

「そんなに厳重に管理している情報をあっさりいいんですか？」

訊いたら、軽く頷いた。

「もちろん、根来から頼まれたからだよ。こいつのことは人間として信用している。根来が捜査に必要だと言うならそれは世の中の役に立つってことだ。ただし、プリントアウトとかはできない。そんなことをしたら俺がクビになるからな」

「では、どうやって？」

長崎さんが、自分の頭を右手の人差し指で叩いた。

「ここに入ってるものを、必要な分だけ教えてやる。安心してくれ。記憶力には自信があるんだ。あいまいなことは言わない。はっきりと覚えていることだけ教える」

それでも現段階では重要な証言になる。

「じゃあ最初から訊こう。そもそも何故お前たちは佐々木主任に眼をつけたんだ？　変態だという噂でも流れたのか？」

「そんな噂が所内に流れてしまったら、もう佐々木主任はいられないさ。その前の段階でいわゆる密告があったんだ。まぁ告げ口だな。佐々木主任がおかしなところに通っているんじゃないかって」

「おかしなところ？」

「何だそれは」

長崎さんが、少し顔を顰《しか》めた。

「それが何だったのかはわからない。と言うか踏み込まなかった。それは明らかに俺たちの仕事の範疇《はんちゅう》を超えていたからな。場所は東雁来《ひがしかりき》だ」

「東雁来」

東区だ。

「そこにある、もう使われていないはずの工場に、佐々木主任が夜中に出入りしていたというチクリだったんだ。しかも女連れでな。その女というのが、後からわかったんだが遠藤保奈美という女性だった」

「何故その密告者はそれを目撃したんだ」

「それは簡単だ。悪いことはできないもんだよな。天網恢々《かいかい》疎にして漏らさずってやつだ。密告者の祖父母の家がそのすぐ近くにあったのさ。たまたま用事があって泊まりに行ったその夜に、目撃してしまった。そいつが寝ていた二階の窓から、その廃工場の入口が丸見えだったのさ」

なるほど、と頷いてしまった。確かにそれは怪しいと思われてもしょうがない。

「そのチクってきた奴は佐々木主任の部下だったんでね。絶対に見間違えるはずがないという証言だった。その男は、まぁチクってきたとか密告者とか何か聞こえが悪いように言ってるが、決して佐々木主任を陥れようとか思っていない。何か問題があったら拙《まず》いからってことだ」

「まぁそうなんだろう」

自分のところの主任が警察沙汰《ざた》になるような事件を起こしたら、その火の粉は自分にも降りかかる。

「じゃあ、そこがアジトのひとつだったんですかね」

先輩に言うと、頷いた。

「かもしれんな」

「アジトって何だ」

「それは、訊くな」

長崎さんに先輩が言う。

「訊けばお前に迷惑が掛かる。それで？　その廃工場の住所はわかるのか？」

「もちろん、後でメモする。それで、俺たちで佐々木主任を尾行してみたら、同じ光景を目撃したってわけだ。どう考えても怪しいから問い質《ただ》したら、その女性との関係や自分の性癖を白状したってわけだ。別に法律に触れることをしているわけではないし、自分では問題ないと思っているから秘密にしておいてくれ、とな」

「なるほど」

そこは春くんの情報が正しいことが確かめられたわけだ。

「長崎」

「おう」

「俺たちが捜査しているのは、その佐々木主任が言うところの〈変わった性癖を持つ人たち同士の合コン〉だ。それを主宰している人間を俺たちは追っている。ただし」

「ただし?」

先輩が眉間《みけん》に皺《しわ》を寄せて長崎さんを見た。

「さっきも言ったが、この話は聞いたら何もかも忘れろ。一切口にするな。俺たちにも今後接触するな。これからの人生を無事に公務員として過ごしたいだろう?」

「もちろんだ」

「死にたくないだろう?」

先輩がそう言うと、長崎さんが驚いた。

「そんなところまで行くのか?」

「行くんだ。だから、忘れろ。俺たちに佐々木主任に関することを全部話した後にな」

うーん、と長崎さんが唸《うな》りながら腕を組んだ。

「まぁ根来がそう言うんだからそうするが、佐々木主任が逮捕されるようなことになっていくのか? それならそれでこちらも早めに手を打たなきゃならないんだが」

「それは、たぶんないな」

先輩が言いながら僕にも同意を求めたので頷いた。

「現段階ではないと思います。佐々木主任が法律に触れるような真似をしてるわけじゃないというのは、そうだと思います。単に、大人の遊びだと思います」

長崎さんが、小さく顎《あご》を引いた。

「そうか」

「もしもそんな事態になるようなら、その前にお前に連絡する」

「了解だ。それで、だ。根来」

「何だ」

長崎さんが、ニヤリと笑った。

「お前の頭をさらに悩ます情報をさっさと教えてやろう。佐々木主任はな、その合コンに誘われて行ったんだが、誘った相手は誰だと思う?」

「わからんからさっさと教えろ」

「道庁の職員だ。それも、けっこうなお偉いさんだぞ。どうだ、頭が痛くなるだろ」

先輩と顔を見合わせてしまった。

「痛くなるどころか、嬉《うれ》しくて涙が出るな」

☆

「放火?」

「放火だって?!」

先輩と二人で同時に大声を出してしまった。志村家に戻ってきたら居間には夏美さんもいて、そこで聞かされたんだ。つい一時間ほど前に放火されそうになったたって。

「心配しなくていいわよ。ボヤにもならないときに消し止めたから」

確かに何かキナ臭いな、と思ったんだ。さっき、志村家に戻ってきて車を降りたときに。

「残念ながら犯人には逃げられてしまいました。面目ない」

蜷川さんが頭を下げながら言う。

「それはしょうがないよ」

春くんだ。

「騒ぎになる前に夏美ネエが出てきて消し止めて、犯人はさっさと逃げたんだからね。放火犯もびっくりしたと思うよ。二階の窓から夏美ネエがいきなりロープを伝って消防士みたいに降りてきたんだからね」

「夏美さんが？」

僕と根来先輩が長崎さんに会いに行って少しした頃だそうだ。家の裏手の壁にガソリンを撒《ま》いて放火しようとした人間がいた。それを、夏美さんが偶然二階の窓から発見して、消火器を持って窓から飛び出したって。

「大丈夫だったんですか？」

夏美さんがニコッと笑った。

「伊達に〈志村〉を名乗っていないのよ。この程度の消火訓練は何度もやってるの。どんなことが起こっても対処できるようにね」

「それは」

蜷川さんが眼を丸くしていた。

「以前からですか」

「子供の頃から」

何でもないわよ、というように夏美さんが言う。

「〈秘密〉を抱えた〈志村家〉には何が起こるかわからない。だから、自衛や防衛のための最低限のことは全部やっておくの。まぁ本気で襲われたらね、どうしようもないけれど、それでも助けを求めるための時間を稼ぐぐらいは私だって。ね、康平さん」

先輩がひょいと肩を竦《すく》めた。

「そうだったんですね」

「本当に最低限だがな。秋奈だって俺と組み打ちぐらいはできるさ」

「それに、家の外壁にはしっかり特別製の防火塗料が塗ってあるよ」

「防火塗料？」

「ただ古い家に住んでいると思ってた？　一応、あらゆることを想定した対策は施してあるからね。僕たちの部屋の窓ガラスは防弾ガラスだってこともキュウちゃんには教えてなかったでしょ」

「そうだったの？」

驚いたけど、そうだった。志村家には武器をしまってある秘密の部屋だってあるんだ。その程度のことは対策済みなのか。

「まぁさすがにバズーカ砲でもぶち込まれたら困るけどね。日本でそんなことまでする犯罪者はそうそういないでしょ」

春くんが嬉しそうに言う。きっとそうされたら本気で喜ぶんだ。

「それよりも、誰の仕業かってことですね。それをお二人が帰ってきたら話し合おうと思っていたんです」

「その通りだな」

先輩が言って、春くんが頷いた。

「じゃあ、長崎さんから聞いた話も確認したいし、また二階に行こうか」

山森の手の者というよりは、〈山森クラブ〉の会員の誰かだろう、とは皆が考えていた。

「おそらく監視されていたのでしょうね。それで、根来刑事と仲野刑事が出ていったタイミングで放火しようとした」

「でも、蜷川さんが残っていたのはわからなかったんだから、かなりゆるい監視だよね。つまり、素人」

蜷川さんに続けて春くんが言う。

「てことは、俺たちは敵だとわかった変態さんたちのうちの誰かがさっそく行動に出たってことか」

「あるいは、探りを入れたか、だね」

そうも考えられる。でも。

「結局はまだ何もわからないってことですね。どう動けばいいかも含めて」

蜷川さんも先輩も、腕組みして考え込んでしまった。

「いよいよこれは最終的な手段を取らなきゃダメかなぁ。山森以外の人たちに、直接的な行動に出てこられたら困るしなぁ。ご近所の迷惑にもなるし」

春くんが言う。

「最終的な、とはどういうことですか」

蜷川さんが訊いた。

「もちろん」

春くんが、ニヤリと笑った。

「山森を破滅に追い込むことだよね」

「破滅とは、具体的にはどうやるのですか。現段階では彼を逮捕するのはほぼ不可能に近いというのは既に確認されていますよね」

蜷川さんが、顔を顰めながら言う。

「どこからどう突っ込んでも、山森が〈山森クラブ〉の会員であるお偉いさんたちの変態行為の秘密を握っている限り、横槍が入る可能性が非常に高い。我々がどこかに飛ばされたら山森を追う人間はどこにもいなくなりますよ」

そうなんだよね、と、春くんは頷く。

「でも、逮捕できないにしても〈山森クラブ〉の活動を停止させて、キュウちゃんを殺人犯にしないためには何らかの形で決着をつけないとね、山森とは」

「そう言うからには、考えていた対策があるってことだな?」

先輩が訊くと、春くんは少し首を傾げた。

「まだ確定はできていないから黙っていたんだけど、考えていたことはあるんだ。現場を押さえる方法の」

「現場?」

三人で同時に言ってしまった。

「何の現場だ。変態の皆さんが行為に及んでいる現場か?」

「そんなの押さえたってどうにもならないでしょ。それにそんなのは見たくないよ。見目麗しい皆さんだったらまだいいかもしれないけど、どうしようもない方々だって多いんだろうからね」

「じゃあ、何の現場?」

訊いたら、春くんが僕を見つめた。

「キュウちゃんさ」

「うん」

「山森は間違いなく、〈不能者〉なんだ。いろんな意味でね」

「そういう話をしていたね。感情が欠損している。だから春くんみたいな人間のことが気になってしょうがない」

そうなんだよ、と、春くんは頷いた。

「あいつが〈山森クラブ〉を受け継いだ要因っていうのがそこにある。変態の皆さんの様子が気になってしょうがない。気になってしょうがないものは、蜷川刑事、確かめたくなりますよね？」

蜷川さんが頷いた。

「でしょうね。普通の人間ならば」

「そう、気になっているんですよ。確かめたいんですよ。自分にはないものを楽しんでいる人たちを確認したい。ということは、どこかであいつは観ているんだよ。〈変態行為〉の全てを」

ちょっと、眼を丸くしてしまった。そうだった。その辺のことはまるで考えていなかった。

「監視しているのか。あるいは隠しカメラで撮っておいて、それをこっそり観ているとか？」

春くんはにっこりした。

「その可能性は高いと考えているんだ。ましてや映像を撮っておいた方が、〈山森クラブ〉の会員たちを縛るのに都合がいいよね？」

「確かにそうですね」

蜷川さんが言う。

「映像として証拠が残っているんであれば、会員たちは否応《いやおう》無しに山森の言うことを聞くでしょうから」

「でしょ？　でもさ、それってさ康平ちゃん。ものすごくみみっちいよね？」

「みみっちいな」

「こっそり隠しカメラで撮っておいて後で楽しむなんて、そんな変態より最低なド変態なことをさ、あのタカビーな山森がすると思う？」

確かに。

「考え難《にく》いね」

「それに、隠しカメラで撮ったとしても、それを回収して回らなきゃならない。それは手間も掛かるし、ネットで送るなんていうのはもっての外だよね。あいつは自分をとことん安全な場所に置いておかないと気が済まないんだからさ。どこでハッキングされるかわからないものを扱ったりしない」

何を言いたいのか。考えていたら、蜷川さんが、ポン、と、手を打った。

「有線、ということですか」

「そういうことです」

有線。

「隠しカメラの映像が有線で送られてくるのなら、ハッキングされる可能性はほとんどない。回収の手間もない。しかも、たった一人でコントロールできるから、自分以外の人間に漏れることもない」

「それは確かに安全だね」

「確認するけれど」

春くんが右手の人差し指を上げて僕たちを順番に見つめた。

「これはあくまでも可能性の話。直接僕は確かめてはいない。でも、可能性はかなり高いと考えているし、康平ちゃんたち警察の人間なら調べられると思う」

「何をだ。言ってみろ」

春くんがぴょん、と跳んだ。

「さっき見せた地図」

ポインターを持ち出してきて、また地図を広げた。雁在不動産が〈山森クラブ〉にアジトを提供していると考えられる建物の位置が書かれている。

「この地図を見て、すぐに気づくよね。札幌駅から近い場所、つまり札幌の中心街に拠点が多いって。それはもちろん、ド田舎の一軒家に出入りするより、都心のビルに出入りした方が、人目につかないってことだよねキュウちゃん」

「そういうことだね。人の出入りが多いってことは、皆がそれに無関心になるってことだから、堂々と出入りした方がいい」

そういうものなんだ。こそこそすると余計に人目に付きやすい。

「でもね、もうひとつ理由があると僕は思っているんだ」

そう言って春くんはまた地図上部の円筒の青いボタンを突いた。新しいシートがするすると下りてくる。

「これは？」

蜷川さんは思わず、といった様に身体を前に出した。

「地下道、ですか」

「そうです」

そうだ、地下道だ。それも。

「道庁と道警を結ぶ地下道だな」

「そうだね」

春くんがにっこりと頷いた。

「別にこれは〈秘密の通路〉でも何でもないよね。一般市民だって使える地下連絡通路。北海道庁旧本庁舎と北海道議会議事堂、北海道庁、そして北海道警察本部を結んでいる。まぁ一般の人で使う人はなかなかいないだろうけどね」

「そうだな」

そもそも僕らも使ったことはあまりない。

「道庁に行く用事などほとんどないからな」

「そうでしょうね。私も知ってはいますが、通ったことはありません」

蜷川さんが言う。

「で、康平ちゃん」

「何だ」

「この通路に、関係者以外通行禁止の通路があるのは知ってる？」

先輩が頷いた。

「あるな。俺も使ったことはないが話は聞いている。非常用の通路だ。つまり、重要人物の避難用の通路だ。そもそも道庁の上の方と警察関係の人間しか知らない話だがな」

どうしてそれを春くんが知っているかは、まぁ訊かなくてもいい。

「その他には？」

春くんが言うと、先輩も蜷川さんも眉《まゆ》を顰《ひそ》めた。

「他にもあるのか」

「あるって話だよ」

「それは、春くんの記憶の中にある事実？」

訊いたら、にっこり笑って頷いた。

「事実だよ。当時の工事関係者とごくごく一部の人間しか知らない地下通路があるんだ」

「どこに繋がっているんだ」

「それはねぇ」

春くんがニコニコしながら、可愛らしく首を傾げた。

「もったいつけなくていい」

先輩が言うのと同時に、じっと地図を見ていた蜷川さんが急に頭を上げた。

「まさか」

「気がついた？」

春くんが嬉しそうに言う。

「映像をどこかで観ているという話と結びつけるのなら」

「蜷川さん正解！」

春くんが大きな声で嬉しそうに叫んで、地図の一点をポインターで叩いた。

「そこは」

まさか。

「北海道で最も古い歴史を持つ、映像を扱うところ。つまり、映像を保管しておいて最も安全な場所」

「そんな」

北海道庁旧本庁舎、北海道議会議事堂、北海道庁、そして北海道警察本部。それらと線で繋ぐのに最もベストの場所にある。

北道《きたみち》放送。

北海道最古のテレビ放送局。

「そもそも、この場所に北海道で最初の放送局が置かれたっていうのは実に象徴的だよね。政治と警察とワンセットの場所だよ。まぁ札幌は本当に、日本でも他に例を見ないぐらいに〈最初から計画して作られた都市〉だから主要な機関を一ヶ所に集めるのは、当然って言えば当然だけどね」

先輩が唸った。

「その地下通路の先には北道放送の秘密の地下室があるって寸法なのか。しかもある程度まとまった場所から有線で送られた映像を受け取れる設備がある」

春くんが、唇を引き結んだ。

「ある、と、僕は思うよ。〈山森クラブ〉が変態さんたちの逢瀬《おうせ》の場所として使っているところは北海道でも最古の不動産会社である雁在不動産の持ち物。そして、北海道で最も古い歴史を持つテレビ局。実際のところ、北道テレビの開局時には道庁が協力態勢をとっていたのはもちろん、雁在不動産の資金が多く流入している事実がある。それに、〈北道放送〉の地下に誰も立ち入ることのできない地下室が存在しているのは確かな事実。それは、たぶん今の職員はほとんど誰も知らないだろうね」

「噂では」

蜷川さんだ。

「聞いたことがあります。もう引退した刑事からですがね。歴史ある放送局の地下には官公庁と繋がった地下室があり、そこには表に出せない様々な映像や資料が保管してあると」

「火のないところに煙は立たない。その火でしょうね」

「山森が」

先輩が憎々しげに言う。

「その地下室で変態野郎たちの饗宴《きょうえん》を一人楽しんでいるって寸法か」

「そんなふうに言うと怒るだろうけどね。まぁあいつに言わせればそこで研究の成果を確認しているんだろう。そもそも彼には普通の性欲なんかないんだから、下衆《げす》の勘ぐりは止《や》めてほしいって怒られるよ」

「怒ろうが何しようが、その場所を押さえたのなら奴は破滅か」

「破滅だね」

春くんが、言う。

「そこには間違いなく過去の〈山森クラブ〉の会員たちが行ってきた変態の饗宴の映像が数多く残されているはず。それを押さえたのなら、仮にどこかの政治家がキュウちゃんや康平ちゃんをどこかに飛ばそうとしたって、無理だ。反対にこちらが押さえられる。決定的な証拠があるんだ、と」

「爆弾ですね」

蜷川さんだ。

「そんなものを証拠として押さえたのなら、とんでもないことになりますよ。私たちのクビが飛ぶだけじゃない。北海道をまさしく破滅に導くことになる」

「だから、押さえるんですよ」

春くんの眼が明らかにスイッチの入っている眼になっている。

「山森を、完全に、完膚無きまでに〈行動不可能〉にさせるんです。誰かに助けを求めようにも求められない。全ての証拠をこちらが握ったのなら、あいつはだれにも助けてもらえない。助けようとする奴等の恥ずかしい証拠を全部こっちが握ったのならば、キュウちゃん、どうなる？」

それは。

「たとえ総理大臣でも、山森を見捨てるね」

「そう！」

春くんが、ポインターを振り回した。

「もっとも、これを調べるためには、康平ちゃんもキュウちゃんも蜷川さんも、相当な危険を冒さなきゃならないよね。余程綿密な計画を立てないと、バレた瞬間に」

振り回したポインターを、そのまま自分の首に当てた。

「ここにいる全員、即刻打ち首だね」

7

根来先輩が、じっと壁の地図を見つめていた。

「春」

「なぁに、康平ちゃん」

「秘密の通路があって、その先の〈北道テレビ〉の地下室に〈山森クラブ〉の秘密の映像が集まってきて隠されているってのは、どれぐらいのパーセンテージで確実なんだ」

春くんは、うん、ってまるで子供みたいに勢い良く頭を振って、可愛らしく微笑んだ。

「九十パーセントかな。九割方、間違いないと思う」

春くんが自信たっぷりに言って、先輩は小さく頷《うなず》いた。

「その九十パーセントの中身だが、お前がこうやってネットワークを使って調べた部分と、お前のご先祖さんの記憶から確かめた部分の割合はどんな感じだ？」

「ひいひいじいさんとひいじいさんの記憶から推測した部分が二割ぐらいかな。これは雁在不動産を中心とした経済界と政界の繋《つな》がりの部分だね。雁在不動産の創始者である雁在睦《むつみ》は元々は松前《まつまえ》藩の重要人物だったんだよ。詳しくはめんどくさいから省くとして開拓使官有物払い下げにも深く関わっていたんだ。つまり、札幌の街造りの根っこに必ず雁在不動産があったと。そして、じいちゃんの記憶で確実なのが五割。これは〈北道テレビ〉と政界との繋がりの部分が大きいし、実際に地下道の工事が行われた際に秘密の通路が掘られた事実をじいちゃんははっきり知っていた。その眼で確かめたわけじゃないけれどね。これで、合計七割確実だね。そして僕がそれを、キュウちゃんの事件が起こる前までに、ある程度まで確かめた結果と合わせて九割。大したものでしょ？　ほぼ確実と言ってもいいと思うけど？」

「なるほど」

先輩が僕を見た。

「どう思う、キュウ」

「間違いないと思いますよ。春くんの頭の中にあるご先祖様の記憶を疑う必要なんかまったくないし。もちろん春くんの調査能力もです。それに、話の筋も通っています。そうですよね？　蜷川さん」

蜷川さんは、少し眼を細めて頷いた。

「新参者の私ですが、話の流れに無理はないと思います。会員たちの変態饗宴《きょうえん》の映像というのは〈山森クラブ〉の存続には必要不可欠なものでしょう。それは山森自身の信用を高め、同時に会員を縛る手段としてね。映像を集めて残しておくのは主宰としては当然考えることで、ほぼ完璧《かんぺき》なシステムですよね」

先輩は、ゆっくり頷いた。

「俺もそう思う。そして、これに関して確実な証拠を正規の手段で探っている暇はない、か」

確かめるように、ゆっくりと先輩は言った。蜷川さんもそれに頷いた。

「どこかの拠点を捜索するにしても家宅捜索令状は必要です。そもそも事件でもないのに、雁在不動産に令状など出ないでしょう」

「出ないですよね」

「このまま真っ当な捜査を続けていても、結局のところ仲野さんを逮捕せざるを得なくなって終わりでしょうね。じわじわと山森に追い詰められて、警察としては何もできないままに〈山森クラブ〉はどんどん大きくなっていく。その実態を知った根来刑事と私は、運良く警察に残れたとしても、真綿で首を絞められるような日々を過ごすだけになるでしょうね」

蜷川さんに先輩も同意して続けた。

「それどころか、キュウが逮捕されたら俺は事後共犯でもおっ被せられそうだ」

「すみません」

「時間がないな。今まで俺とキュウは管轄が違うから山森を正式には追えなかった。だが今は、山森がキュウを嵌《は》めようと仕掛けてくれたお蔭で、堂々とキュウに掛けられた容疑を晴らすために山森を追えることになっているんだ。この機会を逃すわけにはいかない。どんな手でも使う」

そう言って先輩が春くんを見た。

「どうやって踊ればいい？　山森が腰を抜かすようなダンスを」

春くんは、微笑んだ。

「そんなに大きなステップを踏む必要はないよ。そこへの、つまり〈北道テレビ〉の地下室への通路の入口さえ確認できればそれでいいんだ。そうしたら部屋の中へ入っていって証拠の映像を押さえられる。映画の〈ミッション：インポッシブル〉じゃないんだからそこに屈強な警備兵がいるわけでもないし、罠や防犯カメラがあるわけでもないから簡単だよきっと」

「どうして、警備も防犯カメラもないってわかるの？」

訊いたら、春くんは肩を竦《すく》めてみせた。

「だって、キュウちゃん。今現在、おそらく山森以外は誰も知らないんだもんそんな通路。見張る必要がない。ましてやあれこれ罠とか防犯の機材なんか仕掛けたりしたらその維持費がかかるんだよ？　建物や通路が個人所有ならともかくも、元々の通路を管理しているのはお役所とテレビ局なんだからね。そこに何かを置いたら経費計上をしなきゃならなくなってバレちゃうじゃないか。それに警備に誰かを使っちゃったら、そこの秘密保持ができないよ。いつどこで漏れるかわからない」

「なるほど」

蜷川さんが頷いた。

「つまり、その通路と〈北道テレビ〉の地下室は、最初から極秘で使うために秘密裏に造られたわけではなく、当初は普通の、まぁ関係者以外立ち入り禁止の通路のひとつとして造られ、〈北道テレビ〉へ通じるものとして存在していたということですね？」

蜷川さんがそう言って、続けた。

「秘密にする必要などはなく、普通に通路と部屋として使うつもりで造った。従って今も厳密にはどちらかの管理下にあると。工事関係者が知っていたとしても、終わってしまえばそこは関係者以外立ち入り禁止の区域なのだからぺらぺらと喋《しゃべ》るはずもない。そこがいつの頃からかは不明ですが、秘密の〈山森クラブ〉の支配下に置かれ〈誰にも知られていない通路と部屋〉として存在している、と。だから山森もそこに余計なものを配置するわけにはいかないという状況になっているということですか」

春くんはその通り、と頷いた。

「あくまでもたぶん、だけどね。全部僕の推測。どういう経緯かはまったくわからないけど、今の状況はそういうことだと思う。そして、誰かお役所の上の方の人がその当時に許可して、雁在不動産の持ち物であるあちこちのビルから、有線で映像をテレビ局に送ることができるシステムを作ったんだ。ひょっとしたら最初は何かまともな目的で使おうとしたのかもしれないね。まだインターネットの影も形もない大昔はニューメディアとか、何とかビデオシステムとか、マルチメディアとかいろんな大層なシステムやらなんやらが考えられて消えていったよね。その遺物かもしれないね」

「それが、いつの間にか、か」

先輩が言うと、春くんは頷いた。

「山森の年齢から考えると彼の前の代のトップのときだろうね。ケーブルなんかは一度敷設してしまえばそうそう取り換えるものじゃない。あとは入口であるカメラと出口である調整卓やモニターとかかな？　そういうものを適宜取り換えていけばずっと使えるものだからね。そうなると、表に出るのは電気代だけだよ」

「だったら、その建物や通路を管理するところの経費でどうにでもなるね。消費する電力なんて大したものじゃないだろうから」

「そうだね。ましてやモニターやなんかがある出口の部分はテレビ局の地下なんだ。表向きはまったくわからないよ。だから、大げさな警備なんかする必要はない。バレる心配はほとんどないんだ。通路の入口さえしっかりと隠されていれば問題ない」

「テレビ局側の入口は？」

いくら何でも誰も知らないってことはないような気がする。そう言ったら春くんは眼を大きくさせた。

「古いビルなんかはね、一度その入口を潰《つぶ》しちゃえばすぐに誰も構わなくなるよ。ましてやテレビ局は世代交代も早い。上の人間で知っていた人物がいなくなったらそれで終わりだよ」

そうなると、と、蜷川さんは腕を組んで顔を顰《しか》めた。

「相当巧妙に隠されていますね、その通路の方からの入口は。何といっても、一般の方の立ち入りは禁止になっているとはいえ、関係者の誰かは通るかもしれないわけですから」

「それに避難誘導道路の一部として造ったとなっている場合なら、どこかの部署や業者が定期点検もするだろう。図面にない扉があったら、ここは一体何だろうと疑問に思う者が出てくる」

「そういうこと。だから、そんなふうに誰も思わないようにそれは隠されている。そこを、バレないように調べられる？　康平ちゃん」

春くんは、にっこり笑いながら先輩を見る。僕も春くんとはそろそろ長い付き合いと言ってもいいからわかる。これは、確認しているんじゃない。できるよね？　って言っているんだ。できなくてもやってよ、っていうワガママを言っている。

根来先輩は、右眼を細めた。口元を歪《ゆが》めた。

煙草を取り出して火を点《つ》けて、煙を吐いた。

「関係者以外立ち入り禁止の通路を通ることは簡単にできるだろう。俺たちは警察官だ。そこを通ったからといって誰かに咎《とが》められても言い訳できる。だが、誰にも知られないように調べるとなると」

煙草を吸って顰め面をした。

「相当難しいな。どうしたもんだか」

「あ、一応実際に現場には行ってみたよ」

「行ったのか」

先輩が訊《き》いた。

「行ったよ。だってここの通路は」

春くんがポインターで通路を示す。

「一般の人も使えるんだからね。その向こうに、関係者以外立ち入り禁止通路があるだけなんだから」

「あるだけって」

ひょっとしたら。

「素知らぬ顔をして入ってみたの？」

訊いたら、ニコッと笑って春くんは頷いた。

「女の子になってね」

「女の子ですか」

蜷川さんは眼を丸くした。そうだった、春くんが女性用の下着まで持っていることは言ってなかったっけ。

「日本で最強なのは〈可愛い女の子〉だからね。関係者以外立ち入り禁止のところに入っていって見つかっても『ごめんなさーい』って謝れば許されちゃうし、もし本気で怒られたら泣けばいいいんだからさ。警官の皆さんもそう思うでしょ？」

そう言われるとぐぅの音も出ない。

「そこは、どうだったんだ。状況は」

先輩が訊くと、春くんはポインターで地図を示した。

「ここからここまでが〈関係者以外立ち入り禁止〉の通路ね。で、ここには書かれていないけれど、たぶん、こんなふうに繫がっている」

通路が書かれていない部分を、春くんがポインターでなぞっていった。

「ここには、監視カメラがある。それはまぁ通常の設備なんだろうね。この辺の一般人通行可能のところと同じ配置だったから。それ以外は警備員がいるわけでもなく、完全に監視カメラ頼り。つまり、詰所でのモニター監視のみだね。たぶん詰所はここにあるものじゃないかな」

春くんが示したのは道庁だ。確かに道庁に警備員の詰所はあるはず。

「入っていったら、ものの五分もしないうちに警備員が走ってきたよ。『ここは通行禁止ですよ』って。もちろん、穏やかにね」

「それで『ごめんなさーい』って出てきたの？」

「そう。警備員は一人でやってきた。まぁそれは女の子だったからだろうね。怪しい男たちが入ってきたらどかどかとやってくるんじゃないかな」

「その監視カメラの眼をかいくぐるのは不可能だろうな」

先輩が言う。

「映画ならスペシャリストがいて、パソコンでハッキングかなんかして嘘の映像をずっと送り続けたりするんだろうが、俺たちにそんなことはできないし、そんな都合の良い仲間もいない」

「その通りですね」

そういう映画は僕も好きでレンタルして観たりして、こんなふうに上手くいけばいいだろうなぁって思うけれども、現実はそうはいかない。

蜷川さんも頷いて考えて言った。

「逆はどうなんです？」

「逆とは？」

「〈北道テレビ〉側の入口です。隠されているとはいえ、その秘密の地下室への入口は実際にあるはずなんですから、そこを探るというのは」

「それは無理だね蜷川刑事」

春くんが苦笑いした。

「だって、何といってもテレビ局だよ？　マスコミだよ？　本来はその気になったら〈報道の自由〉という錦の御旗《みはた》を振りかざして、警察だろうと政府だろうと盾突かなきゃならない立場だよ？　警察の正式な許可もない、わけのわからない〈秘密の部屋〉の捜索を許すと思う？　どうやっても大騒ぎになっちゃうよ」

それはそうだ。蜷川さんも頷いた。

「確かにそうですね。そんなことしたら、下手したら藪蛇《やぶへび》というものですね。やはり秘密の通路側からの進入を考えるしかないってことですか」

「監視カメラか」

そもそも刑事の仕事に監視カメラをかいくぐるなんていう状況はない。むしろそれを利用する立場だ。今の世の中、監視カメラがあることでどれだけ捜査に役立っているか。

でも、方法を思いついてしまった。

「言いたくはないんですけど」

言ってしまった。

「何だ」

先輩が訊く。

「普通の通路で監視カメラもあるような状況なんですから、どうがんばっても僕らには誰にも知られないように調べるのは無理ですよ。だから」

「だから？」

蜷川さんが訊いた。

「堂々と調べるしかないんじゃないですかね。許可を取って」

「許可、ですか」

蜷川さんが言う。

「許可です。その通路は、北海道警察と道庁を結んでいる通路の一部なんですから、そのどちらかの管轄なんですよ。うちの方で地下道を管理しているという話なんか聞いたことがないので、たぶん道庁ですよ。だったら道庁に許可を取って、〈臨時の点検〉とでも称して堂々と調べるんですよ。僕らも公務員ですからわかりますけど、どこかの部署で判子捺《お》して何かごそごそやっていて、他の部署の人間がそこを通っても『何かやってるな』で終わらせますよね。深く追及したりしない」

そういうものなんだ。特に何かの点検とかはそうだ。関係部署に書類は回ったとしても、関係ないところには書類は回らない。

「ましてや、署内や庁内ではないただの〈外の通路〉です。だから、〈通路の点検〉の許可さえ取れれば、秘密の通路への入口を堂々と探しても誰も気に留めません」

「どうやって許可を取るんだ」

そう言ってから気づいたのか、先輩はにやりと笑った。

「お前も悪くなったな」

「そう思いたくないですけど、毒を食らわば皿まで、ですよね」

「そういうことだな」

「どういうことです？」

蜷川さんが訊いた。

「さっきも話した、俺の友人の市役所の長崎の話ですよ。市役所の佐々木主任を怪しい合コンに誘った奴は誰でした？」

先輩が言うと、蜷川さんは少し考えた後に、眼を丸くした。

「道庁の人間。しかも上の方と言っていましたね」

「それです」

春くんも、ニコニコしながら頷いた。

「その人を脅すんだね」

「人聞きの悪いことを言うな。俺たちは警察官だ。一般市民を脅したりなんかはしない。あくまでも、協力を求めるんだ」

先輩が言う。蜷川さんが、しかし、と言った。

「協力してくれますかね。その道庁の上の方の人間、ややこしいですね、仮に〈道庁さん〉

とでもしますか。〈道庁さん〉ともなると、山森を知っている可能性があるのではないでしょうか。彼に協力を求めたところで山森に告げ口されたらそこで一巻の終わりじゃないですか？」

「そこは大丈夫だと思うんです」

蜷川さんに言った。

「その〈道庁さん〉は山森を知らないと思うんですよ。怪しい合コンに佐々木さんを誘ったということは、その合コンの開催者か、そこに近い人ですよね。つまり今までの関係者にたとえると大磯奈々ちゃんクラスじゃないかと」

「前に春が言っていた〈山森クラブ〉の中でも、警察に捕まったとしても山森のことは知らないトカゲの尻尾《しっぽ》切りに使われる〈チーフ〉のような人間ってことだな？　奈々ちゃんが若者担当だとすると、〈道庁さん〉は大人の、しかもお堅い職業専門のチーフかもしれないな」

「そうです。その上の〈ヘッド〉の人間が、申し訳ないですけど、長崎さんのような人物に尻尾を摑《つか》まれるようなことはないでしょう。だから、その可能性は充分に高いです。そういう人は確かに自分の保身のためには何でもやるかもしれませんけれど、僕たち警察がいちばん上の人間、山森を押さえようとしているのなら話は別だと思うんです」

蜷川さんは、腕を組んで考えた。

「お前の変態行為を見逃して、全てを知るトップの人間、山森も破滅させるから心配するな。お前のことは黙っておいてやるから、ですか」

「そういうことです」

「可能性がないわけではありませんが、それでも危険ですよね。その〈道庁さん〉が、自分の変態行為を許してくれる山森の〈秘密クラブ〉の方を選ぶってこともあるわけですから」

「いや」

先輩が、ゆっくりと煙草の煙を吐きながら言った。

「選ばせない」

眼を細めた。

「そもそも山森の存在を知らなければ選べないだろうし、そこは、絶対に選ばせないような形で、協力を求めるんだ」

その声の調子に、何かを言いかけた蜷川さんは口を閉じた。閉じて、苦虫を嚙《か》み潰《つぶ》すような顔をした。

「それは、私が想像しているような、警察官としての本分を逸脱するようなことをするってことですね。いえ、言わなくても結構です」

そう言って、溜息《ためいき》をついた。

「毒を食らわば皿まで、ですか。実に的確な表現ですね」

ポンポン、と、春くんはポインターで地図を叩《たた》いた。

「やる気になった？　じゃあ、さっそく教授に連絡を取るよ」

「教授？」

「教授？」

「誰だ教授って」

三人で同時に同じ言葉を言ってしまった。

「北道大学名誉教授坂城常郎に決まってるじゃない」

坂城教授？

皆で首を傾げたら、春くんは右手の人差し指を振った。いつも思うけどその仕草は古すぎる。

「〈道庁さん〉に特別に協力してもらって許可を出させるにしたって、許可を取るための〈お題目〉は必要でしょ？　坂城教授に〈調査チーム〉のリーダーをやってもらえば、どこへ出しても問題にならないぐらいの〈お題目〉になるでしょ」

「北道大学からの調査要請ってことにするのか」

先輩が言うと、春くんは頷いた。

でも。

「坂城教授は心理学の教授じゃなかったっけ。心理学でどうやって地下通路の調査をでっちあげるの」

「そこは、〈社会文化学の何とかかんとかのフィールドワーク〉、とか適当にでっちあげれば納得するよ。坂城教授は北道大学の名誉教授の中でもトップの人だからね。権威という面ではバッチリだよ」

バッチリって。

「しかし、その方は二重スパイのような立場の方ってことでしたよね？　そうやって公に動くと山森に知られるのではないですか？」

蜷川さんが言う。その通りだと思うけど春くんは首を横に振った。

「仮に山森が坂城教授を見張っていたとしても、ある程度のタイムラグはあるよね。そもそも坂城教授は僕たちの味方だよ。山森を叩きつぶせるとしたら、全面的に僕たちに協力してくれる存在」

そうだ。坂城教授は春くんのお父さんである志村京一《きょういち》教授の親友だ。志村京一教授亡き後は、志村家を見守ってくれていた人。山森に変態行為の証拠を握られていたとしても、それが表に出ないんであれば、大丈夫だ。

「それに」

春くんが、ニヤリと笑った。

「もし僕たちが秘密の通路を探り始めて、慌てて山森が動き出したとしたら、それは目指しているところに目指すものがあるってことの証拠だよね。さらに言えば、秘密の地下室にはその通路からしか行けないとしたら？」

「そうか」

思わず膝《ひざ》を打ってしまった。

「山森も、そこから行くしかないんだから」

現場に現れる。

「山森が、〈北道テレビ〉の方から入る手段を持っていたとしたら？」

先輩が言う。

「それならそれでもいいよ。どっちみちそこで会えるってことでしょ？　さすがに全ての証拠隠滅のために爆破するとかそんなテロリストみたいなことはあいつにはできないよ。せいぜいが、憎い僕を殺した後に自殺するぐらいでしょ。まさに現場を押さえられる」

それなら、と、続けて蜷川さんが言った。

「たかが一般人一人、こちらの捜索が終わるまである程度の足止めをするぐらいは簡単でしょう。彼は普通の学生を装っているんですよね？　どこにいるかはすぐに調べられる。私が職質でもすれば足止めにはなりますね？」

「そういうことだね。時間との勝負だから探すのに手は多い方がいい。奈々ちゃんも呼ぼうか」

「奈々ちゃんも？」

まだ高校生の奈々ちゃん。

「彼女なら大学生に見えるよ。大学教授のフィールドワークなんだから、学生の姿がないとおかしいでしょ？　長崎さんは手伝ってくれるかなぁ」

春くんが言うと、先輩は頷いた。

「お前を悩ませている変態野郎共の巣窟《そうくつ》を潰してやると言えば有給でも取って協力してくれ

るさ。大学の准教授とか講師ぐらいには見えるだろう」

確かにそうだけど、きっと長崎さんなら先輩が言えば喜んで協力してくれると思う。そうだ、と、春くんが続けた。

「夏美ネエも多少年を食ってはいるけれど、若作りしたら女子大生に見えるかもね。絵画的なアーティストの眼って、あれでなかなか捜索には有効なものなんだよ。あと、吉川くんは今どこにいるんだっけ？」

「吉川くんも？」

「皆それぞれに〈山森クラブ〉を破滅させれば、人生の憂いが消えて救われる連中ばかりなんだからさ。協力してくれるよ」

☆

「〈道庁さん〉とはねぇ」

今日、じゃなくて日付が変わってしまったけれど二度目の訪問にも長崎さんは嫌な顔ひとつしないで僕と先輩を迎えてくれた。市役所職員で今日の朝も早くから仕事なのに申し訳ないと思ったんだけど、先輩のためなら仮病使って休むから心配しなくていいとまで言う。

本当に長崎さんは根来先輩が好きなんだと思う。僕は女性が好きな男だから、男の人が男の人を愛する気持ちはわからない。でも、友人として好きだという感情ならわかる。こいつのためになら何でもやってやるという気持ち。そもそも僕だって根来先輩を尊敬している。大好きか大嫌いかという二択で選べと言われたら、大好きだ。先輩が死地に赴くなら一緒に飛び込む覚悟だってある。

だから、人が人を好きになるというのは、どんなものでもそんなに違いはないんじゃないかと思う。

先輩はさっき長崎さんに〈この話は聞いたら何もかも忘れろ。一切口にするな。俺たちにも今後接触するな〉と言ったのを撤回した。

すまんが、俺のためにこのキュウを助けてくれるかと訊くと、長崎さんはすぐに頷いたんだ。実はそう言ってくれるのを待っていたんだって。

それで、〈山森クラブ〉の全てを話した。春くんのことも、僕が犯人に仕立て上げられていることも。さすがにかなり驚いていたけど、同じような仕事をしているのもあったんだろうし、佐々木主任の件もあって〈山森クラブ〉のような存在に関しては何となく察しがついていたと話して、今回の作戦もすぐに理解してくれた。

「どうだ、市役所と道庁じゃあ組織は似て非なるものだが、その〈道庁さん〉が許可を出せば立ち入り禁止の通路の見学許可は出そうか」

「うん、出るわね」

長崎さんはあっさりと言った。態度や口調は知っている人向けの柔らかいものだったけど。

「っていうか、出させるね」

「お前がか」

先輩が訊くと、長崎さんは頷く。

「〈道庁さん〉、まぁこの三人の中でそんな仮名を使わなくても、本名は市川秀雄《いちかわひでお》さんね。道庁総務部総務課第一執務室室長さんなんだから、〈道庁が管理している地下通路の見学〉なんていうその程度の許可なんかあっという間に出せるわよ。ましてや北道大学の名誉教授からの依頼だったら文句なしね。明日、もう今日か、朝イチに出したらその場で判子捺して三十分後には〈秘密の入口〉を探せること請け合い」

「そんな簡単なものですか？」

訊いたら、笑った。

「まぁ、通常の業務だったらさすがに判子捺すのに三日はかかるでしょうけどね。お決まりのお役所仕事よ。でも大丈夫。佐々木主任の件があったときに、一応直接会って根回ししておいたから。根回しじゃないかな？　釘《くぎ》を刺しておくって感じかな？　もしこの件で何かあったらお互いの平和のために充分な危機回避ができるようによろしくお願いしますねって」

「それは、市役所監査事務局特例監査担当課第一課長として、その市川秀雄さんの裏の変態行為は全部摑んだぞって脅したってことか」

「人聞き悪いわぁ。どうせお互いにスネに傷があるんだから隠しておきましょうってことよ。だから、任しておいて。その北道大学の坂城教授の名前で正式な依頼状さえ作ってくれれば、朝イチで電話して許可出させるから」

それにしても、って長崎さんは僕たちが持ってきた〈地下通路〉の地図に眼を落とした。これは春くんがプレイルームにあったスタンドアロンのパソコンで作ったデータをプリントアウトしたものだ。

「この地下通路の存在はもちろん知っていたけど、まさかそんな秘密の通路があったとはねぇ」

三人で頷きあった。

春くんはこの地図を持って奈々ちゃんのところへ行った。カモフラージュに若い女の子がいるのは決定的なほどに安心なんだって。そして夏美さんはちょうど帰宅した秋奈さんも一緒に連れて坂城教授のところへ頼みに行っている。もちろん、坂城教授にとって秋奈さん夏美さん姉妹だって、春くん以上に大事にしている親友の忘れ形見だ。間違いなく協力してくれる。蜷川さんもそれに同行して、山森が所属している大学院のゼミの明日のスケジュールを坂城教授に確認してから、今現在の所在を調べた。さっき、自宅にいるのを確認したという連絡が入った。このまま張り付いてくれる。吉川くんは実家に戻っているのがわかったので無理だろうということで、何も連絡していない。

「ねぇ、根来」

長崎さんが少し考えた後に先輩の名を呼んだ。

「なんだ」

「どうせだったらさ、市役所と北道大学との合同調査にしましょうよ」

「合同調査？」

「そっちは私の方で書類申請しておくから問題ないわ。そうしておけば私は大学の講師になんか扮《ふん》しないで、このまま市役所の職員として堂々と行けるから」

先輩が少し顔を顰めた。

「そんなことをしてお前は大丈夫なのか。いや、それも今さらだが」

「本当に今さらよ。でも全然平気。そもそも特例監査の人間よ私は。この調査も市役所職員の素行調査の一環としておけば部の人間は誰も文句言わないし、私が一日中外出していても一切疑われないから。仮に現場に確認のために道庁の誰かさんがふらっと現れたとしても、市役所の人間がいた方が対応しやすいでしょ？　どうせあんた方二人は身分を隠さなきゃならないんだし」

それは、すごくありがたい。

なんだかこの調査に関していちばん役立たずなのは、僕と根来先輩二人の現職刑事なんじゃないかって気がしてきた。

「それで、この丸で囲んである辺りが怪しいってことなのね」

長崎さんが指で示した。春くんが丸を付けたところだ。

「そうだ。このカメラのマークが監視カメラの位置で、黄色い部分がカメラで撮影される範囲だ。山森がここにある秘密の通路への入口を使うとなると、当然この監視カメラの死角になる位置に入口がなきゃならない」

「当然ね。入るところを見られたら拙《まず》いんだから」

「そういうことだ。と、なると、ここからこの範囲と、こちらがわ、そしてここと、三ヶ所のどこかに入口があると思われるんだが」

先輩が地図と一緒に置いてあった写真を指で弾いた。

「春が隠し撮りしたこの写真を見る限りはこの通り、全部ただの壁にしか見えない」

「よっぽど上手く偽装してるのね。もしあれよ？　扉があってもロックとかされてて暗証番号とかがないと開かなかったらどうするの？」

「そこは、春に任せるしかない」

そうなんだ。当然そういうパターンも考えられるんだけど。

「春くんの話では、すぐに身を隠せないと拙いので、それはまずないということでしたけど」

長崎さんが、あぁ、と頷く。

「それはそうね。確かにそうだわ」

腕を組んで、うん、と頷く。頷いて、背筋を伸ばした。その途端、それまで柔らかかった雰囲気が一変して、また昼間の市役所監査事務局特例監査担当課第一課長の長崎さんに戻ったみたいだ。

「わくわくしてくるな」

「そうか」

おう、って長崎さんが頷く。口調も変わった。

「さっきも話したが、俺たちには警察みたいな捜査権限はない。だから調査すると言っても大したことはできないんだ。意外とそれは日々ストレスが溜《た》まってしょうがない。こういうのに参加できるとなると胸が躍るぜ」

「長崎さんは、警察官になった方がよかったんじゃないですか？　柔道も相当強いと聞きますし」

そう言うと先輩が笑った。

「キュウ」

「はい」

「こいつはな、確かに柔道はオリンピック代表になれるほどの腕はあるしこの通り度胸もあるんだが、血を見たらぶっ倒れるという弱点があるんだ」

また車で志村家に戻ると春くんが居間で待っていてくれた。

「蜷川さんはそのまま山森を見張っているよ。ＧＰＳでいつでもわかるようにした」

春くんが眼の前のノートパソコンを示した。そこに札幌市内の地図があって、赤い点が点滅している。確かにそこは山森の自宅がある場所だった。でも、赤い点は他にも近くに三つある。

「これは？」

春くんがにっこり笑う。

「僕の知り合いもそっと配置しておいたから。別に蜷川さんを疑うわけじゃなくて、何かあったときのためにね」

「そうか。どんな人間かは訊かない方がいいのか？」

「訊いてもいいけど、あまり意味はないよ。本当にただの知り合い。ただし、信頼できる知り合いね。大丈夫だよ、ちゃんと札幌市で市民税を払っている善良な市民の皆さんだから。危ないことはさせない」

先輩も僕もただ頷くだけだ。春くんにたくさんの信頼できる仲間がいることは知ってはいるけれど、本当のところどういう人たちなのかは探ってもしょうがないことだ。

「教授の方はどうだった」

「大丈夫」

春くんが、グッ、と親指を上げた。その仕草は珍しいけどどうなんだろう。そもそも春くんは人と話すときにいちいちやる仕草が多くて、そして困ったことにそれが可愛らしく思えてしまう。まるで音に反応する玩具《おもちゃ》みたいに何らかの動きと一緒に言葉を発するんだ。それは癖なのか、それともわざとやっているのかはわからない。

「ようやく僕たちを危険に晒《さら》した罪滅ぼしができるって喜んでいたよ」

「そうか」

本来なら、春くんを始めとする志村家を守っていかなきゃならないと思っていた坂城教授だ。自らの変態行為で山森に弱みを握られて、結果として春くんの秘密を全部山森に教えてしまったんだ。そう思って当然だろう。

「それで、肝心のところだが」

先輩が言う。

「これは、三坂さんに報告すべきか？」

僕らのボスである三坂さん。

「蜷川刑事は俺に任すと言ってくれた。もちろん、終わった段階での報告はさせてもらうと言っていたが」

「そうだねぇ」

春くんが腕を組んで、頭をかくんと軽く横に倒した。

「報告したところで、ボスである三坂さんがこんな証拠も何もない状況で何かしてくれるとは思えないよね。仮に捜査員を配置してもらえたとしても、派手になりすぎて困るし。放っておこうか。少なくとも結果が出るまでは」

「わかった」

「ただ、ね」

春くんがにっこり笑う。

「明日の朝でいいから、自殺しちゃったキュウちゃんの同級生の遺族にもう一度話を聞いてくるって言っておいて。そこから、〈工藤隆則さん〉に関する何かが摑めそうな感触があるからって」

　末田さんの家に？

「それは、嘘の情報ってこと？」

　訊いたら、頷いた。

「念のためにね。山森側の人間を牽制するためにも」

「山森側の人間？」

　先輩の眼が細くなった。

「何か含みがある言い方だったが？」

「そうだね」

　春くんが僕を見た。何だかちょっと唇がふにゃふにゃと動いている。もう付き合いも長くなってきたからわかる。これは、言い難《にく》いことを言おうとしているときなんだ。

「何かあったの？」

「久内恵さん」

「久内恵さん？」

　先輩と顔を見合わせた。その名前は確か。

「従姉《いとこ》、だったな？　自殺した末田則子さんの」

「そうだね。話を聞いてちょっと気になって見てきたんだ。その女性をね。見てきただけで時間もなくて何も調べていないけどさ。そっくりだったよ」

「何がそっくりなんだ」

先輩が訊いた。

「顎《あご》のラインが、あのＳＭの女王様と」

「まさか」

思わず言うと、春くんが苦笑いみたいな表情を見せた。

「たぶん間違いないと思うんだけどね。でも、これで繋がったでしょ？　山森がキュウちゃんをとことん追い詰めようとしていたってことが」

先輩と二人で唸《うな》るしかなかった。一体どこまで山森は入り込んで僕を陥れようとしていたのか。いや、そもそもその存在があったから、僕を標的にすることを思いついたのか。

「そこは、放っておくのか。いや、それしかないな今の段階では」

先輩が言う。春くんも頷いた。

「放っておこう。どっちみち彼女が、実はやっぱり自殺ではないらしい、なんて言い出して動き出すのにはもう少し時間を掛けるよ。その間にこっちが山森を潰しちゃえば、それで終わりだよ。もう彼女は何にもできない。可哀想だけど」

「まさか、あの人が自分の従妹《いとこ》を、末田さんを自殺に見せかけたなんてことは」

春くんが僕を見た。

「それは、わからない。どんな事情がそこに隠されているかなんてのは全然調べていないしね。ひょっとしてこれから捜査をしたらとんでもない事実が末田家から出てくるのかもしれない。でも」

「山森を叩きつぶせば、か」

先輩が言って、春くんが肩を竦めた。

「そう。キュウちゃんの同級生は自殺でした、で、終わり」

溜息《ためいき》しか出ない。

「全部終わったら、葬儀には出られなくても、せめて墓参りはしておくよ」

そうするしかない。

8

書類バインダーと現場用のデジタルカメラと何かの図面。そして最近ではごつくてダサいケースに包まれたiPadとかのタブレット端末。

この三つか四つを持ち込んで、さらに作業服を着ている人間がいたのなら、誰もが透明人間になれると春くんは言った。

それは確かにそうなんだ。実際、僕ら警察も誘拐など特殊な状況での張り込みや待機のときにはそういうものを使うことがある。特に何かの作業服などは、ドラマなんかでもお馴染《なじみ》だけど、本当に誰にも気にも留められない。誰かが見かけても〈あぁ何かの作業をしているんだ〉と一瞬思ってそれで終わりだ。反対にその認識が犯罪に利用されることもある。

作業服を着るのは僕と先輩の役目になった。

先輩がいかにも上役風の紺色の作業服の上着だけを着て下はスーツのスラックス。靴も革靴のままだ。僕は、多少薄汚れたツナギの作業服でしかもいろんな道具を差し込んだ工具ベルトも腰に巻いた。帽子も被っている。どこからどう見ても現場を仕切ってチェックする上司と現場作業員のコンビ。

坂城教授と奈々ちゃんも、どこからどう見ても大学教授と女子大生に見えたけど、そもそも二人は立場は概ねそのままだ。別に変装をする必要もない。教授はおそらくいつものスーツ姿だし、奈々ちゃんは少し大人しい感じの普通の服装。夏美さんもいつもの外出着で奈々ちゃんの先輩にも見えるし、ひょっとしたら教授の助手かとも思える。

秋奈さんはさすがに若き天才教授として一部では有名だし、インタビューなどで顔写真が表に出ていることもあって参加しない方がいいと春くんが言ったんだけど、興味深いからぜひ一緒に行くと言い張ってしまって、結局変装してもらった。ウイッグをつけて黒縁眼鏡を掛けて頬に綿を入れて膨らませ、シャツを重ね着して着込んだ上にサイズが大きいスーツを着せて、さらに地味な作業服の上着を着せた。これで何となく少しふくよかな感じの、教授の助手か准教授ぐらいには見えた。

長崎さんは、そのままだ。地味なグレイのスーツ姿の市役所職員。全員が道庁が発行した通行許可証を首から下げて、それぞれの持ち物を持って歩いていた。

春くんは、女の子になっていた。

初めて女装した姿を見たけれども、まったく、何の違和感もなく、しかも可愛らしい女の子になっていて、予想はしていたんだけど驚いた。そのままミス・キャンパスに応募したら全員一致で選ばれることは間違いない。

奈々ちゃんが「何か悔しい」と冗談交じりで言っていたけどあれは本気だったと思う。奈々ちゃんも充分に美しい女の子なのだけど、春くんのどこか中性的で不思議な魅力の前では色褪《あ》せてしまっていた。

監視カメラはあるけれども、会話は聞かれない。そしてほとんどまったく人が通らない通路だから大声で話さない限りはどんな会話をしていてもいい。

タブレットは僕が持っていた。

ディスプレイには蜷川さんの位置をＧＰＳで示した地図が表示されている。蜷川さんの位置が即ち山森のいる場所だ。それはまだ山森の自宅マンションから移動していない。

「入口である以上は、どこかを押すか引くかするんだ。そして言葉が古いけど電気仕掛けなんか仕込めるはずがない」

歩きながら春くんが皆に話していた。全員が顔を合わせたのはほんの十分前の道庁前玄関。それから通行許可証を貰《もら》って地下通路に入るまで打ち合わせも何もできなかった。とにかく、〈秘密の通路〉を探すということだけ。

だから、こうやって人気のない通路を歩き出してから小声でレクチャーしていた。

「どうして？」

奈々ちゃんが訊《き》いた。

「センサーやら何やらなんてものは、その仕込みをするために工事をしなきゃならないからね。通路自体はもう三十年も前にできあがっているんだから高度なものは無理。さらに、電気仕掛けをしちゃったらメンテナンスが必要なんだ。そんなことをやってるお金なんかないし、修理するときに存在がバレてしまうだろ？」

なるほどね、と、奈々ちゃんが歩きながら頷く。

「ということは？　どういう仕掛けを探せばいいんだ？」

長崎さんが訊いた。もちろん、朝から市役所職員としての顔と態度になっている。

「昔ながらの仕掛けですよ長崎さん」

「昔ながら？」

春くんがにっこり微笑んだ。長崎さんはゲイなんだろうけど、絶対に春くんは好みのタイプじゃないと思う。

「忍者屋敷でお馴染のどんでん返し、回転扉、などの類《たぐ》いですよ」

「あ、なるほど」

恥ずかしながらものすごく納得してしまった。秘密の入口というから、つい隠したボタンを押すと開くとか、暗証番号が必要なんじゃないかと想像していた自分が恥ずかしい。

確かにそうだ。工事中にそんな仕掛けができるはずもない。

「ただし、普通の壁に偽装されてしかも人が通るところだから、うっかり誰かがふらついて壁に寄り掛かったりするかもしれない。そんなときにくるっと回転してしまっては拙《まず》い。だから、何らかの仕掛けはある。ぶつかったり寄り掛かったりしただけでは、開いたりしないようにね」

そのときに、僕の持っているタブレットの画面が勝手に切り替わって二画面になった。もうひとつ地図が表示されて、そこにもＧＰＳの赤い点が映し出された。

「春くん。〈北道テレビ〉に春くんの知り合いが着いたようだ」

「了解。予定通りだね」

不確定要素がある。〈北道テレビ〉側がどんなふうになっているかはまるでわからないんだ。だから、誰でも入ることができるロビーに春くんは知り合いを配置した。話では機転も利くしセンスもあるそうだ。何か不穏なことが起こっているようなら、それを察知できる人物だとか。

とりあえず、そこを信じるしかない。

「話を続けるけど」

春くんが言う。もう少し歩けば〈関係者以外立ち入り禁止区域〉だ。通路の真ん中に置かれた案内板も見えている。

「そういう扉の仕掛けは、押すか、引くか、回すか、ずらすかの四つのアクションしかない。けど、壁になっていて取っ手はどこにもないから最初のアクションから〈引く〉は除外されるね」

「つまり」

先輩が続けた。

「最初は壁に手を当てて、押してみるとか、ずらしてみるとか、そういうふうに調べるしかないってことだな?」

「そういうこと」

皆が頷く。

〈関係者以外立ち入り禁止区域〉に入った。素知らぬ顔をして皆がそれぞれにコピーした図面を開いた。

「監視カメラを見ないようにね」

春くんが言った。

「堂々と、調べていれば何とも思われない。カメラの範囲に入ったっていい。談笑したっていいんだ。そのまま図面を広げたまま、三つに分かれよう。僕とキュウちゃんと康平ちゃん、教授と奈々ちゃん、長崎さんと秋奈ネエと夏美ネエだ。僕たちは、いちばん手前のここ。教授たちは真ん中、秋奈ネエたちはいちばん奥の監視カメラの範囲外区域」

「わかった」

「壁を見て」

指示通り、皆が通路の壁を見る。

「この壁はどこもこんなふうにおおよそ六百ミリ×六百ミリの正方形の石材パネルになって

る。本物の大理石ではないと思うけどね。でもひょっとしたら施工の時期を考えると本物かもしれない。そこは調べてないけどどっちでもいいから考えなくていい」

頷いた。どこでも見かけるような、公共の通路の壁がそこにある。

「さっきも言ったけど、ぶつかっただけで開いては拙い。だから、予想では最低でも二つのアクションが必要になるはず。押してからずらす、とか、ずらしてから押すとかね。いろいろやってみて」

「了解」

「あ、一人が作業しながら誰かが動画を撮るのを忘れないでね」

そう言って、春くんがさっさと眼の前の、通路に入ってすぐの監視カメラの範囲外の壁のところに取りついた。他の皆も、それぞれ監視カメラの範囲外の壁に取りつく。

「じゃ、キュウちゃん動画撮ってね」

「わかった」

春くんがしゃがみ込んで、右の掌《てのひら》でまずいちばん下のパネルの真ん中を押した。何も変化はない。そのまま掌を上にずらす。それでも変化はない。両手を使って、押す。ずらしてみる。やっぱり変化はない。

立ち上がってその上のパネルを押す。同じ作業を繰り返したけど、何の変化もない。ちょっと首を捻《ひね》ってから、僕の工具ベルトに手を伸ばした。

「木槌《きづち》あるよね」

「あるよ」

工具ベルトから木槌を抜いて、渡した。

壁を軽く叩《たた》く。鈍い音が響く。二歩移動してそこの壁も叩いたときに、先輩が思わず身体を動かした。

「音が違うぞ」

春くんは、にっこり笑った。

「やっぱりここに隠し扉があるんだよね」

「わかってたの？」

うん！　って勢い良く頷《うなず》いた。

「可能性の問題だよね。通路に入ったらすぐに身を隠せた方がいいでしょ？　だったら入口はすぐ近くだ」

その通りだ。

「もちろん、その他の壁にもあるかもしれない。入口がひとつだなんて決まりはないんだ。どこからでも入れるようになっているかもしれない。さて」

春くんが壁を触る。

「やっぱりこのパネルが入口なんだろうけど、どうやれば開くのか」

「俺が押してみる」

先輩が掌で押した。かなり力を込めて押しているけど、動かない。春くんがじっとそれを見ている。そして、何か両手を広げたり閉じたりしている。

「一ヶ所じゃなきゃ、二ヶ所同時かな？」

「二ヶ所？」

「ちょっと康平ちゃん、右手をパネルの右隅、左手を反対側の隅にくっつけて。そう、それで押してみて」

万歳をするような体勢で先輩が押す。

「うん？」

「反応した？」

「何か、さっきとは手応えが違うな。感覚でしかないが」

「だとしたら、反対側かな。その下のパネルの繋《つな》ぎ目のところ」

先輩が頷いて、今度は中腰になるような体勢で、両手で押した。

「あ！」

動いた。カチリと何かの音がして一センチほど壁が浮いた。でも、開かない。

「そうか」

春くんがその下のパネルの隙間に指を入れて、引いた。まるでタンスの引き出しのようになって下のパネルが前に出てきた。

向こうで壁を調べていた皆が寄ってきた。

「強度を考えて箱形にしたってわけか。上を同時に押すことで留め金が外れるんだ。すぐに入ろうか。長崎さん、すみませんけど、後はよろしくお願いします」

「おう、了解だ」

春くんに言われて、長崎さんは頷いた。全員がいきなり通路から消えたと知られたらさすがに拙い。この後長崎さんには通行許可証を返却する係になってもらう。そして、その場で解散だ。後は連絡を待ってもらう。

一応、何かあったときのために秋奈さんと夏美さんには近くの店で待機してもらうことになっている。


三人ともスマホのライトを点《つ》けていた。

壁も床も天井もコンクリート剝《む》き出しのままだ。高さは二メートルもないだろう。幅は一メートルほどか。湿って澱《よど》んだ空気に思わず顔を顰《しか》めてしまった。閉所恐怖症の人だったら絶対に叫んでしまうほどの空間。

こんなところでゆっくりしている気にはなれない。春くんが先頭に立って無言で歩いていく。真っ暗闇《くらやみ》なら本当に叫び出したくなるところだけど、すぐ向こうにドアがあるのがわかる。非常口の誘導灯があるんだ。ただし、かなり暗い。通常の三分の一も光量がないだろう。

春くんがドアに辿《たど》り着いて、白手袋を着けながら振り返った。

「いる？　いるよね。一人足りないなんてなったら僕は逃げるからね」

「俺もだ」

先輩が言う。

「キュウちゃん、山森に動きはないよね？」

「ないよ。まだ自宅にいる」

蜷川さんから緊急の連絡もない。一人で張り込みさせてしまって申し訳ないと思う。

「じゃ、開けるよ」

都会のビルならどこにでもありそうな、スチール製のドア。

「鍵《かぎ》は？」

「開いてるね。鍵を掛ける必要なんかないんだろうね」

ゆっくりと春くんがドアノブを回す。

暗闇だけど、あちこちに赤や黄色の小さな光が見える。明らかに何かの電子機器のランプ。春くんがスマホのライトを巡らしたと思ったら、すぐ脇の壁に手をやる。

天井の蛍光灯が点いた。

現れたのは、何の変哲もない、小さな部屋。

「わーお」

春くんが軽い驚きの声を上げて部屋の中に進む。ゆっくりとその後に続いて入っていった。

「キュウちゃん、このビルのどこかにいるはずの人は？　何か動きある？　僕の位置も表示させてみて」

「動いていない」

ここが間違いなく〈北道テレビ〉のビルなら、同じ場所にいるはず。春くんの位置をGPSで表示させた。

「ここが、そうだね」

位置表示の点が重なっている。間違いなくここは〈北道テレビ〉のビルだ。

「意外としょぼい部屋だな」

先輩が言った。

「確かにね。でもまぁ確認して保管するだけの部屋ならこれで充分でしょ」

広さはたぶん八畳間ぐらいだ。窓はまったくないし、秘密の通路も平坦だったから地下で間違いない。調整卓のような機材が一台と、テレビモニターが二台。パソコンにサーバー。そして壁にはスチールラック。後はパイプ椅子が五脚壁に立て掛けてある。家庭用のようなタイプのエアコンがあって、他には何もない殺風景な部屋。

春くんが調整卓のような機材の電源を入れた。ブン、という唸《うな》るような機械音が響く。

「扱えるの?」

「この程度のものならね。キュウちゃん、そこのスチール戸棚は開く?」

取っ手に手を掛けると、軽く開いた。中にはズラリとテープが並んでいる。もう懐かしくなってしまった家庭用のVHSビデオデッキもあった。テープは、たぶんこれはテレビ局で使っているはずのものだ。

「いまだにテレビ局ではテープを使ってるって本当だったんだね」

「そうだよ。もちろんその他のものも使ってるけどね。一本どれかを再生してみよう」

春くんがラックに積まれているデッキにテープを入れた。モニターのスイッチを入れる。映し出されたのはカラー映像。

「わーお」

春くんが声を上げて、先輩は顔を顰めた。僕もだ。こんなところで見知らぬ男女の絡みを見る趣味はまったくない。

「バッチリ映っているね。しかもご丁寧にパッケージに名前も」

そうなんだ。テープが入っていたパッケージには、男の名前と女の名前、それにそれぞれの職業も書かれている。

「メモも入っているな」

先輩が取って、広げた。

「なるほどな。しっかりパーソナルデータが書いてある。キュウ、これを週刊誌に売ったらたぶん十万やそこらはくれるぞ」

「全部売ったら、家を建てられますかね」

「週刊誌じゃなくて本人たちに売れば、キュウちゃん一人ぐらいは一生のんびり暮らせるよ」

「かもね」

ズラリと並んだテープのパッケージには、僕も知っている政治家の名前もあった。まさかこんな人がと驚いてしまった芸能人の名前もある。

「あ」

メールが入った。

「蜷川さんからです。山森が動きました」

慌ててタブレットで確認すると、確かに蜷川さんを示す点が移動していた。三人で顔を見合わせた。

「急いでやることやって出よう」

「そうしよう」

仮に山森が何かに気づいてここまで来るにしても、どう急いだって二十分は掛かる。来たら来たで、そのときは直接対決ができるから好都合だけど。

「キュウちゃんこの部屋全部の写真を撮って。動画もね。特にテープははっきりとパッケージの字も読めるように。康平ちゃんは指紋が出るかどうか確かめて、あったら採っておいて。僕はこのパソコンとサーバーにエロビデオのデータがあったらできるだけ吸い上げておく」

「了解」

無駄口を叩かないで黙々と作業を進めた。

指紋はいくつか採取できて、見た感じでは同一人物の指紋だな、と先輩は言っていた。もしそれが山森の指紋と一致したのなら、これはもう言い逃れできない犯罪の証拠になる。

春くんが、データでも変態行為はしっかり残されていることを確認した。ただし持ってきた一テラのポータブルハードディスクには入り切らないかもしれないと言っていた。

「どんだけあるんだか」

先輩が苦々しく言ったそのときだ。先輩の携帯が鳴った。ディスプレイを見たその眼が鋭く細くなった。

「蜷川さんだ」

蜷川さん？　反射的にタブレットを見た。移動して、今は止まっている。ここは、どこだ。そんなに遠くには移動はしていないと思うけれど。

「はい、根来」

先輩が電話に出る。

「何ですって？」

先輩が、少し驚いていた。

「ちょっと待ってください。春」

春くんが顔を上げて先輩を見た。その顔からは笑みは消えている。眼を細めている。

「山森が、北《きた》区の古いマンションの屋上に上がっている。そこから動かない。飛び降りるかのように柵を越えてじっとしている」

春くんは、首を一度捻《ひね》った。

「蜷川さんの尾行にも気づいていたような節がある。マンションは住宅街にあるから周りは気付いていていない。この後どうするか指示が欲しいと」

春くんは、真剣な表情で先輩を見ている。

「そのまま監視を続けて、決して山森に接触しないでって。すぐ僕が行くからそれまで待っててって」

「わかった」

先輩がそのまま電話で伝えた。パソコンを見ると、まだデータを全部吸い上げるには三十分ぐらいは掛かりそうだ。

「キュウちゃん、そのタブレット貸して。ここは二人に任せる。まだデータを吸い上げているから、全部終わったら部屋はそのままにしてすぐに出て」

「いや」

先輩が首を横に振った。

「ここは俺だけでいい。キュウお前も一緒に行け」

「向こうには蜷川さんもいるから大丈夫だよ」

「こっちこそ二人もいらん。念のためにだ」

春くんは少し考えてから、頷いた。

「じゃあ、秋奈ネエを残しておくから、通路に出るときには電話して通路を見張ってもらって出るようにね」

「了解だ」

そうだった。そういうときのために二人は残っていてもらっているんだ。

「じゃね。よろしくね」

そのまま春くんは急いで部屋を出て行くので、後に続いた。

「聞いてもしょうがないだろうけど、何だろう」

春くんは、急ぎ足で出口の隠し扉に向かいながら、言った。

「死ぬ気なんじゃない？」


タクシーを急がせて、十二分で着いた。

北二十条《きたにじゅうじょう》の住宅街の中にある十階建ての古いマンション。タクシーの中で春くんはずっと蜷川さんと電話で話していた。状況はまるで変わっていない。午前中の住宅街は人通りもほとんどない。辺りにはそのマンションよりも高い建物はないので、屋上の柵の外に出ている山森に気づいている人もいないみたいだ。

「いや、そのまま。もう着くからいいです。誰にも知らせないで、蜷川さんはそこを離れて康平ちゃんのところへ向かってください」

その会話の最中に、大きな通りのところでタクシーを止めた。

「もう着きました。僕たちが着く前に現場を離れてください。蜷川さんのためです」

電話を切った。

「春くん、それって」

小走りになりながら、春くんが頷いた。

「自殺するかもしれない人間がいたのに、刑事が何も対処しなかったら問題でしょ。蜷川さんにおっ被せるのは悪いからさ」

「僕も刑事なんだけど」

「それはもう」

横を走る僕を見て、春くんは笑った。

「キュウちゃんはもうどうしようもないよ」

蜷川さんの姿が見えた。こっちに来ようとしているけど、少し慌てたように上の方を見ている。

「あそこです。でも、たった今、姿が消えました」

指差したのは、マンションの屋上の方。

「消えたって、飛び降りたってことですか」

「いえ、戻ったみたいです。柵の中へ」

「行こう。蜷川さんは康平ちゃんと合流してください。終わったら連絡します」

わかりました、って言って蜷川さんが去って行く。僕と春くんはマンションの入口から入って、エレベーターのボタンを押した。

☆

「そこまで」

山森は、両掌をこっちに向けた。それで、僕と春くんは階段室のドアを出たところで立ち止まった。

マンションの屋上だ。十階でエレベーターを降りた後に階段で上って、階段室のドアを開けると出られる。本当に古いマンションらしくて、物干場にもなっているみたいだった。いまどきこんなのは珍しいと思うんだけどどうだろう。広さは、けっこうある。テニスコート二面ぐらいは取れそうだ。

どうしてかはわからないけど、山森はスーツを着ていた。ブラックスーツだ。葬式にでも行くような黒いスーツ。でも、ネクタイは赤いレジメンタルタイだから喪服ってわけでもないのか。

「そこから、動かないようにね。動いたら、いろんな意味で保証しないよ」

保証しない。どういう意味だ。どっかから誰かがライフルで狙っているとでも言うのか。思わず見渡してしまったけれど、とりあえず周りにここより高い建物はない。

「ここはね、誰かが死ぬ場所なんだ」

山森は、静かに言った。後ろ手にして、まっすぐに立っている。顔には笑みも浮べている。

「それだけで意味はわかるよね？　志村春くんなら」

「誰かを自殺させる場所のひとつってことなんだろう？　誰にも見られずに屋上に上がることができて、なおかつ双眼鏡でどっかから見ていない限りは、誰の眼にも触れないで落とすことができる場所。そんなところを山森さんはたくさん持っているんだ。この札幌の中に」

「その通り！」

ゆっくりと手を前に持ってきて、パン！　と叩いた。

「君と話すと話が早くていいよね。実際問題このマンションでは三年前に誰かが飛び降りて死んだらしいよ。それで、だ。なんたってまぁ随分行動が早かったよね。まさかあの場所を押さえられるとは思わなかったよ。さすがだって感心しちゃったよ。驚いたよ」

「それはどうも」

言うと、山森が、ニヤリと笑う。

「参考までに教えてくれないかな志村春くん。君は、その頭の中の四世代の記憶があったからこそ、あの場所に全てがあるってわかったのかな。それとも地道に情報を集めて推理したのかな」

「記憶だよ。山森さん」

春くんが言う。

「やっぱりなぁ」

山森が、唇を歪めた。

「話には聞いていても、今一つ実感できなかったからなぁ。いや信じてはいたんだけどね。どうしても実感できなかった。そこがね、今回君に出し抜かれちゃったポイントなんだ。まさかあの場所のことを知ってる人間がいるなんてね」

「ということは山森さん。あなたはあの場所のことを知ってる人間は時間を掛けて全員殺したってことなんだよね？　だからこそ、油断したんでしょ？」

思わず春くんを見てしまった。殺したって。

「人聞きが悪いなぁ刑事さんもいるのにね。ねぇ仲野刑事さん。そんなんで僕を疑わないでくださいね。前にも言ったかもしれないけど、僕は殺人鬼じゃないからね。人殺しを楽しんでなんかいないよ。必要であれば、処分するけどね」

言葉を切って、溜息《ためいき》をついた。

「でもまぁ、やられたよ。そこは素直に認める。連絡が入ったときには時既に遅し、さ。焦って駆けつけても間に合わないから、まぁ最後に挨拶《あいさつ》でもしておこうと思ってね。ちょっとお芝居めいたことをして、君が来るのを待っていたんだ」

最後に？　挨拶？

「どういう意味だ」

春くんに任せようと思ったけど、我慢できなくて訊いてしまった。

「どういう意味でもないよ。こんな形で君たちに会うのは、最後ってことさ。次は違う形で会うってことだよ。いろんな意味でね」

「山森くん」

そう呼んだ。まだ彼は一般市民だ。ハッキリと犯罪者だってわかってはいるけれど、何の証拠もない。

「何ですか仲野刑事。あぁ、そういえば仲野刑事さんは、何か噂で聞いたんですけど、今大変なことになってるんですって？　いろんな意味で」

いろんな意味で、か。

「そんな噂が流れているはずないけどね。どうして知っているのか教えてもらえるのかな」

「そんなつもりはないですって。あなたたちにね」

急に、表情を歪《ゆが》めた。憎々しげな顔をして、僕を見る。

「もう何も話すことはないんですよ。これからもずっとね」

また手をパン！　と打った。

ニヤリと笑った。

「さ、もういいよ。一言ね、またしても僕を出し抜いた志村春くんに言いたかったんだ。お見事だってね。これで気が済んだ。帰ってくれよ。そんなに見たい顔でもないんだからさ」

嫌そうにそう言って、山森はまるで犬でも追い払うみたいに、僕と春くんに向かって手を振った。

春くんは、黙って、真面目な顔で山森を見つめていた。

「そうだね」

そう言って、春くんは頷いた。

「できれば僕も違う形で会いたいと思うよ」

「光栄だね。じゃあね」

山森は、くるりと僕と春くんに背を向けた。そのまま動かない。

「春くん」

どうするのかと思って呼んだ。春くんは、静かに頷いた。

「帰ろうキュウちゃん。これで僕も気が済んだよ」

気が済んだ？　そのまま春くんは踵《きびす》を返して階段室へ戻って、階段を下りていった。僕も続いたけど、振り返ると山森はまだこっちに背を向けたまま、そこに立っていた。

風に吹かれて。

そして、それが最後になった。彼の姿を見たのは。

山森は、死んだ。

一時間後、合流して志村家に戻ってきた僕たちに届いたのは、山森がマンションの屋上から飛び降りたという知らせだった。

☆

三日経っても、何もわからなかったんだ。

何故、死んだのか。自殺したのか。

わかるはずもないと思う。自殺と判断されたのは、それ以外の可能性を示すものは何もなかったからだ。

司法解剖は秋奈さんがやった。毒物反応も落ちたとき以外の傷も、もちろん銃創なんてものもなかった。死因は失血死。

北道大学の院生である山森晴行は、自らマンションの屋上から飛び降りて命を絶った。そのマンションは知人がいるわけでもなかった。本人には何の縁もゆかりもないマンション。

残された家族や同じ院生に訊いても、その理由はようとして摑《つか》めなかった。

ただ、本人にしかわからない理由で死を選んだという結論に辿り着くしかなかっただけ。

でも、僕たちの頭には疑惑があった。

死んだのは本当に〈山森晴行〉なのか？　というもの。

確かに、あのときに、僕と春くんが話したのは山森だったんだ。それは間違いない。間違えるはずがない。

時間的なことを考えると、僕と春くんが去ってから三十分もしないうちに飛び降りている。だから、落ちたのを僕も春くんも見ていない。

誰も見ていない。目撃者はない。

遺体は先輩も僕も確認したけれど、頭から落ちた死体は顔が判別できないほど損傷していた。

なので、本人かどうかの確認は家族しかできなかった。血液型は同じだったし、山森はかなり珍しいけど、歯医者での治療はしたことがなかった。小さい頃からまったく虫歯はなかったんだ。あの笑ったときに目立つ妙に白い歯はそのせいだったのかと納得したけれど。

家族は、山森の父母は間違いなく息子だと確認した。それ以外、自殺である以上は警察が調べる事件じゃなかった。

ただ、あの地下室で採取した指紋と死亡した山森だという男性の指紋を内緒で照合したところ、一致した。蜷川さんもずっと尾行していた。屋上までは行かなかったけれど、山森がマンションの玄関から入っていくのを確認していた。そのときの服装と、自殺した男の服装も一致していた。もちろん、僕と春くんが見たスーツと同じだった。

だから、山森であることを疑う余地はないんだけど、僕と根来先輩、蜷川さんは、嫌な、ざらりとした感触しか心に残っていなかった。

何故、死んだのか。

本当に、山森なのか。

春くんが、事件を終わらせるために可能性の話だけしようかと言ってきたのは、三日後の夜だ。相変わらず軟禁状態にある僕と、根来先輩と、まだ僕に付いている蜷川さん。それに秋奈さんと夏美さんも話に参加した。

「可能性の話?」

志村家の居間のコタツに皆で入って、いつものように血腥《ちなまぐさ》い話をするようには全然見えない状態で、先輩が言った。

「そう。あくまでも可能性ね。何故山森は死んだのか? という話」

「やっぱり殺されたの？　いや、死んだの？」

訊いたら、春くんはにっこりと微笑んだ。

「結論は出せないよ。そもそも彼は死をまったく恐れていなかったからね。それは本人も言っていたでしょ？」

「言っていたね」

　確かにそうなんだ。

「だから、自分が失墜することで生きる意味もなくなってあっさりと自殺することは充分あり得ると思う」

　先輩が、本当に嫌そうな顔をした。

「そんなんで勝手に死なれても困るんだがな」

「そうだね。自殺なんて本当に迷惑だよ。そしてさ、皆が忘れていることを話すよ？」

　夏美さんが淹《い》れてくれたコーヒーを、春くんは一口飲んだ。

「山森は今まで人を殺してきたよね？　野菜事件のときにも」

「そうだな。証拠はまったくないが、死人は出た」

　先輩が言って、皆も頷いた。

「今さら言うことじゃないけど、人を殺すことを山森は何とも思っちゃいなかった。もちろん、組織の存続のためには犯罪行為は極力避けなければならない。でも逆に存続のために排除しなきゃならない場合もある。その場合、どんなに綿密な殺人計画を立てても自分が直接手を下してしまっては、万が一失敗したら警察に捕まってしまうという可能性もある。警察にも仲間がいるんだから何とかなるにしても、〈山森クラブ〉の神髄とも言える〈信用〉が失墜してしまう。それでは本末転倒になってしまうんだ。だから、その可能性を排除するためには山森はどうする？　キュウちゃん」

　簡単だ。

「〈誰かに殺してもらう〉ことをしなきゃならない」

「その通り」

　春くんが顔の横でオッケーサインを出した。まるでどこかのアイドルみたいで人殺しの話をしていてその仕草もないだろうと思うけど。

「キュウちゃんさ」

「うん」

「ずっと僕たちは〈山森クラブ〉のことを〈変態クラブ〉って認識で呼んでいて、とんでもない変態行為が安心して行えるクラブだって話してきて、キュウちゃんは頭の中でどんな変態行為がベッドの上で行われているんだろうって、毎晩毎晩悶々《もんもん》と妄想してただろうけどさ」

「中二か。そんなにしてはいないよ」

　実際僕が妄想できる変態行為なんてめちゃくちゃバリエーションが少ないと実感してしまった。そう言うと、春くんは、ニヤリと笑った。

「まぁそんなものだよ。変態っていうのは性癖、つまり生まれ持った何かの部分が大きいんだろうけど、そこから派生していく変態行為はイマジネーションの問題も大きいからね。かなりクリエイティブな作業でもあるんだ。それはさておき」

クリエイティブな変態っていうのは想像もつかないんだけど。

「世の中には変態さんはたくさんいる。でもね、〈変態〉というのは、何も直接的な〈性行為〉だけのものじゃないよね。秋奈ネエ」

急に話を振られて、秋奈さんは少し考えた。

「私に言ったたってことは」

うん、と、頷いた。

「快楽殺人のことね。人は直接的な意味での性欲、つまり性行為のみが快楽を感じる手段というわけじゃないわ」

パチン！　と、根来先輩が指を鳴らして悔しそうな顔をした。

「そこか」

「そうだね。康平ちゃんもキュウちゃんも、そして蜷川さんも、忘れていたわけじゃないけど、どうしても〈顧客に変態行為の相手を提供する〉という〈商売〉の観点での〈山森クラブ〉に囚われ過ぎていて、その視点を見失っていた」

「というより」

蜷川さんだ。

「そう、春くんが誘導していたのではないでしょうか？　私はそう感じましたが」

「その通りですよ蜷川刑事」

春くんは、ごめんね、と言ってペロッと舌を出した。てへペロか。

「無視していたわけじゃないけど、あえて直接言及しないようにしていた。実際のところ康平ちゃんもキュウちゃんも、山森やその側近が殺人を行っている可能性はある、と、もちろん認識してはいたけれど、〈顧客の中に殺人に快楽を感じる変態がいる〉という考えを持つことはほとんどなかった。そうだよね？」

先輩と顔を見合わせてしまった。

悔しそうな顔をしている。

「その通りだな。その可能性を排除してたわけじゃないが、確かに深く突っ込もうとはしていなかった」

僕もだ。刑事の習性かもしれない。一度そこに焦点を絞って捜査活動をしてしまうと、なかなかそこから抜け切れなくなる。それが功を奏することは多いけれど、それで真相を見失ってしまうこともあるんだ。

「さて、もしも、〈殺人に快楽を感じる変態〉が〈山森クラブ〉の顧客にいるとしたなら、山森はそれを〈ただの顧客〉として扱うだろうか？　そんなはずはないよね。暴力団との付き合いを絶対しなかったり、あれだけ慎重に犯罪にならないように組織を運営しているんだ。その〈殺人に快楽を感じる変態〉がどれだけ良い顧客だとしても、首輪を付けずに生活させていてはそいつが弱点になってしまう。捕まってしまったら大変だ。だとしたら、山森のすることは？」

そうか。

「そいつを、〈側近〉にしてしまうんだ」

言ったら、その通り、と春くんは頷く。

「いつでも好きなときに殺人をさせるという注文に応えることはできない。ただし、こちらが必要なときに殺人を保証する。その代わりに自分の側近となって組織の運営に参画してほしい。もちろんだけど、そいつは表向きには一般の社会人なんだ。普通の人の顔をして普通の暮らしをしている。そうでなければ山森はそいつを使おうとしないだろう。でもさ、秋奈ネエ」

「なに？」

「あくまでも、脳医学を学んで法医学者として働く秋奈ネエの、これまでの研究や見解によるものでいいんだけどさ。〈普通に生活を営める人間〉と〈殺人に快楽を感じる変態〉の両面を持つ人が長い期間、何も支障を来さずに平穏無事な生活ができるものかな？　その二つは両立するのかな？　どうだろう？」

秋奈さんは、少し首を傾げた。

「人間である以上はパーフェクトな平衡状態を保つことは不可能だと感じるわ。どこかで必ず破綻する。むしろ破綻しない方が不思議。そういう例がないとは言わないけれど。春みたいにね」

　春くんは、そうそう、って笑った。

「僕みたいに相当に特殊な人間も確かにいるよね。でも、そうはいないんだ。僕に近い山森でさえ、自分で自分のコントロールが利かなくなるときがあった。それはキュウちゃんも康平ちゃんも目の当たりにしているよね。だから、〈殺人に快楽を感じる変態〉さんだって〈普通の生活〉を長く続けなければならない、と、考えているのであれば、どこかで何かが必要なんだ」

「何か、とは、何だ」

　先輩が顰め面をしながら訊いた。

「文字通りの、何か、だね。それは自分で決めたり選んだりするものだよ」

「それを」

　蜷川さんは、少し息を吐いてから言った。

「この話は、ひょっとして、春くんがそれを、〈側近である人物〉に選ばせたという話になるんですか？　〈側近〉である快楽殺人者に、自分の〈殺人衝動を満足させてくれる男〉である山森を殺させた、と」

　思わず眼を丸くしてしまった。

「まさか、春くん」

「そんな、人聞きのわるーい蜷川さん」

身体を揺らして春くんが笑う。

「最初に言ったよね？　可能性の話だって。もし僕がその〈側近〉の存在を確認したとしたら、まぁそういうことの、それこそある可能性を提示するぐらいはしたかもしれないけどね」

刑事である僕たちは、黙りこむしかない。

何も、証拠はない。春くんはただ可能性の話をしているだけだ。

「仮に、だ」

先輩が言う。

「その側近が、春の口車に乗って山森を殺したとしよう。あくまでも、仮にだぞ。可能性の話だ。そいつはどうして自分の殺人変態衝動を満足させてくれる山森を殺したんだ？　この先の人生で何を選んだって言うんだ？」

「可能性を挙げてみたら？　康平ちゃんの考えは？」

先輩は、息を吐いた。

「考えられるのは、今までの殺人の一切合切の秘密を消去するとの約束だ。つまり、この先山森に脅される心配はないという確約が取れて、本当の意味での〈普通の生活〉を選んだ。それならば、山森を殺す理由になる」

「確かになるね」

嬉しそうに春くんは頷いた。

それは、確かにそうだ。〈殺人への快楽〉に疑問を持ち、自分はもうその衝動に見切りをつけられると思い、山森を殺せば全ての過去を消すことが可能だという条件を与えられたのなら、選ぶだろう。その道を。

「もしそうだとしても、お前はどうやって見つけたんだ。その側近を。〈ネズミ〉を使ったのか?」

「そんなに〈ネズミ〉は万能じゃないよ。諜報員《ちょうほう》じゃないんだからさ。そんなに難しくはないと思うよ。康平ちゃんだって、一度頭の中にある先入観を排除して、一から考え直したら、その可能性に気づけるはずだよ。そして、刑事お得意の足で稼げば自然とわかるよ。山森の側近になるような可能性のある〈殺人に快楽を感じる変態〉とはどんな人間かって。そんなね、特別な変態さんは映画じゃあるまいし、そうはいないよ。見つけようと思ったってそう簡単に見つけられるわけじゃない」

「二つ、考えられますね」

蜷川さんが言った。

「ひとつは、警察の情報です。殺人の情報はほとんど全部警察に集まってくると言っていいでしょう。その中に未解決の殺人事件は当然のようにいくつかはあります。犯人が誰かもわからずに時効を迎えてしまうものだってあるし、疑わしい人物が捜査線上に上がったとしても証拠も何もなく、逮捕できない案件だってありました。もしそれが、その捜査線上に上がった人物が」

「その〈殺人に快楽を感じる変態〉が犯人だとしたら、ですか。蜷川さん」

「そうです。山森は警察内部の情報を手に入れられる。そこからピックアップするのは簡単かもしれません」

確かに、と、先輩は頷いた。

「その可能性は確かにありますね。もうひとつというのは？」

先輩が訊くと、蜷川さんは嫌そうな顔をした。

「あくまでも、可能性ですよ？　もし、山森という男がある意味では究極の変態なのだとして、遺伝とかそういうのは素人ですからわかりません。でも、遺伝するとしたら、そういう妄想の話をするならば」

「家族ですか⁉」

思わず言ってしまった。

蜷川さんは、頷いた。

「あくまでも、妄想の域をでない、またしても可能性という部分ですけどね」

山森には確かに家族はいる。父親と母親。もちろん親戚という部分まで広げればもっとたくさん。

秋奈さんは首を傾げた。

「医師としてはそんな乱暴な話を簡単に首肯できないけれども、ここにいる春のことを考えるのなら、否定はできないわね」

そうだった。春くんの〈記憶の病〉も遺伝しているんだ。志村家の男に受け継がれるもの。先輩も蜷川さんも、もちろん僕だって普通の顔をしているけど、内心相当なダメージを受けていた。春くんが、山森を殺させたかもしれない。

その春くんは、ニコニコしている。

仮にそうだとしても、春くんは楽しんではいない。殺人に快楽を感じるような変態じゃない。ただ、人の感情というものを徹底的に研究したい、突き詰めたいと思っているだけだ。

「いいよキュウちゃん」

「何が？」

「僕が山森を殺させたと思って、僕を嫌悪しても。忌み嫌っても。憎んでも。恐れても。悲しんでも。どんなキュウちゃんの感情だってそれをそのままぶつけてくれたら、僕は受け止めるよ」

でも、それすらも春くんは研究材料にしてしまうんだろう。とことん感じ取っていくだけなんだろう。ひょっとしたら、いやひょっとしなくても、春くんこそが究極の変態なのかもしれない。専門家とは、イコール研究する対象なんだ。

でも。

「いつも通りだよ春くん」

「そう？」

にっこり笑って、首を軽く傾げて僕を見る。

「僕は、春くんの研究材料になんかならない。友人だからね。ただ、素直な気持ちをぶつけるだけだよ。何て凄《すご》い男なんだろうって」

「もっと強い感情をぶつけてくれてもいいいんだけどなぁ」

「強い感情って？」

「愛してるとかさ」

手を広げて抱きしめようとするから、肩を摑んで押しとどめた。

「それはいいから。勘弁して」

先輩が、苦く笑って、煙草に火を点けた。煙を吐き出す。

「何にしても、春。今の話は確かに可能性としては頷ける。むしろ山森が自殺したと考えるよりはるかに自然だ。どうやって、という疑問はあるにせよ、だ。俺たちはお前を逮捕したりはできない。どうせ証拠も何もない」

「そうだね。逮捕される気は一生ないよ」

「何よりもだ。俺は山森がまだ生きているような気もしている。むしろ春が殺させたと考えるより、あいつは自分の影武者を用意していて、文字通り闇の世界へ潜行していったと思った方が、まだ頷けるぞ。その可能性だってあるわけだよな？　春」

僕もそう思っていた。そして春くんも頷いた。

「あり、だね。キュウちゃんの偽物を一年足らずで用意できたんだから、自分の影武者、まぁ今回の件で言うとドッペルゲンガーを用意するなんて、あいつにとっては簡単なことだったかもしれない」

　また、あいつは現れるかもしれない。

　それこそあのとき言ったように、違う形で。

「しかし」

　蜷川さんは頭を掻《か》いた。

「何はともあれ、これで〈山森クラブ〉は頭を失ったわけですが、この後のことを春くんはどうするつもりですか？　考えているんですよね？」

「もちろん」

　春くんがポン、と自分の胸を叩いた。

「僕が、受け継ぎますよ」

「何だって？」

　皆で驚いてしまった。

「〈山森クラブ〉を壊滅させることなんかできない。だって、証拠を手に入れたけれども、そんなもの発表できないんだよ？　それとも全部マスコミにぶちまけてみる？　そんな勇気が康平ちゃんにはある？　北海道の、日本の、政界や財界や芸能界の重要人物たちの変態の饗宴《きょうえん》の証拠を全世界に発信する？　警察もどこも手を付けられない存在になっているんだ。だから、僕がそのまま引き継ぐ」

「ポン引きの元締めになるっていうのか？」

「ならないよそんなのめんどくさい。もう何もしなければいいんだよ。ただ、ずっと保管しておく。何だったら全部記録を消滅させてもいい。それで〈山森クラブ〉は自然と消えていくよ。それでいいんじゃないかな？」

ねぇ？　って言って、春くんは微笑んだ。

☆

秘密の通路と〈北道テレビ〉の秘密の地下室の件はもちろん三坂さんと村山さんの二人だけに報告した。取ってきたデータの一部も見せた。

三坂さんも村山さんも、ただ大きな溜息をついて悩んだだけだった。こんなものを、どうすればいいのかと。

どこをどう突《つつ》いたとしても、自分たちの手に余る問題になる。そもそも秘密の地下通路自体、発表したら大騒ぎになる。下手すると、自分たちの首が飛ぶ。だったら、このまま放っておく、聞かなかった見なかったことにするという結論を出した三坂さんを、僕も先輩も責めることはできなかった。まったく同感だったからだ。

山森は死んだ。

〈山森クラブ〉は自然消滅していく。

なのに、変態野郎どもの過去を暴露しようとして刑事であることを失うなんていうのはもっての外なんだ。僕のドッペルゲンガーである〈工藤隆則〉の起こした事件も、表向きは継続捜査になってはいるけれど、そのまま未解決事件のファイルに放り込まれるだろうというのが三坂さんの見解だ。

とにかく、山森に関する全てのことは、うやむやのままに鍵が掛かる箱に閉じこめることになったんだ。

あの地下室も。

駐車場から車を出した。三坂さんの出した結論を話しに志村家に行くんだ。

「先輩」

「何だ」

「あえて今まで言いませんでしたけど、山森がマンションの屋上に行くまでの間、傍にいたのは蜷川さんですよね」

「言うな」

煙草に火を点けて先輩は煙を吐き出した。

「考えても結論は出ない。それを言うなら、データはいつか誰かさんの手で消去されるだろうさ」

「あの変態どものテープも全部ですか?」

「そうだ。あんなものがあるからびくびくしなきゃならないお偉いさんがたくさんいる。証拠がある場所がわかったのに、春の言うままに保管しておくなんてのに賛成する馬鹿はいないだろう」

確かにそうだ。三坂さんが〈山森クラブ〉の一員ではない、という証拠もない。

「それなら、〈北道大学〉にあるであろう、古い記録もいつか見つかって消されるかもしれませんね。山森がいなくなった今では、密《ひそ》かに探そうと思えば探せます」

「だろうな。だが、仮にそうなるとしても、変態野郎のお偉いさんたちは知らないよな」

「何をですか？」

「春も〈北道大学〉の学生であり、なおかつ見たもの全てを記憶できることを。一生な」

「あ」

そうだった。春くんなら、探せるだろう。そして一度見てしまえば、何もかも消されても春くんは覚えている。

先輩が窓を開けて、煙を吐き出した。

「記憶の病ってのは厄介だな」

先輩が、静かに言う。

「今さら言うことじゃないが、秋奈も夏美ちゃんも結婚はしたくないと思ってる」

「そうでしょうね」

そんな話をしたわけじゃないけど、今まで志村家にお邪魔して友人として接していて、いろんな話をして、それは感じていた。

「つまり、〈志村家の記憶の病〉を受け継ぐ男の子を生んじゃいけないって、思ってるんですよね。二人とも」

「そんなところだろう」

だから、先輩と秋奈さんも恋人同士にはなれない。夫婦にはなれない。子供を作れない作らない夫婦というのも確かにいるけれども、それとはまったく違う話だ。

ハンドルを握りながら、思う。

「だから春くんも、でしょうかね。別にゲイじゃないのに、女の子になりたいと思っているわけじゃないのに、常に中性的な立場でいるのは。彼女を作らないっていうのも」

自分の子供に志村家の業は受け継がせないという思い。つまり、子供を作らないという覚悟。

「ありゃあ趣味だろうけどな」

「やっぱり趣味ですか」

二人で笑った。

「何にしろ、俺は春を信じてる。生きてる限り、一緒に進むだけだ」

「そうですね」

僕も、信じてる。

本書は角川キャラクター小説マガジン「小説屋sari-sari」二〇一五年六月号～二〇一六年二月号に掲載されたものを、加筆・修正の上、書籍化したものです。

この作品はフィクションです。実在の人物、団体等とは一切関係ありません。

小路幸也（しょうじ　ゆきや）
作家。北海道出身、在住。広告制作会社を経て、メフィスト賞を受賞した『空を見上げる古い歌を口ずさむ　pulp-town fiction』（講談社）でデビュー。著作は下町の古書店を営む大家族の日常ミステリが人気の「東京バンドワゴン」シリーズ（集英社）、『東京ピーターパン』『ナモナキラクエン』「札幌アンダーソング」シリーズ（以上、KADOKAWA）、近刊に『花咲小路二丁目の花乃子さん』（ポプラ社）、『ロング・ロング・ホリディ』（PHP研究所）、『アシタノユキカタ』（祥伝社）、『恭一郎と七人の叔母』（徳間書店）などがある。魅力的な人物たちによる瑞々しい物語が、多くの読者に支持されている。

札幌《さっぽろ》アンダーソング　ラスト・ソング

2016年3月30日　初版発行

著者／小路《しょうじ》幸《ゆき》也《や》

発行者／郡司 聡

発行／株式会社KADOKAWA
東京都千代田区富士見2-13-3　〒102-8177
電話　0570-002-301（カスタマーサポート・ナビダイヤル）
受付時間　9:00〜17:00（土日 祝日 年末年始を除く）
http://www.kadokawa.co.jp/

印刷所／大日本印刷株式会社

製本所／本間製本株式会社

ISBN 978-4-04-103473-6　C0093